Jacques Chardonne

Éva

ou

Le journal
interrompu

Albin Michel

Jacques Boutelleau (1884-1968), qui devint en littérature Jacques Chardonne, est né à Barbezieux, en Charente. Élevé dans sa ville natale, puis étudiant en droit et en sciences politiques à Paris, il fut, avec Maurice Delamain, co-directeur des éditions Stock, de 1920 à 1943. Son premier roman, *l'Épithalame* (1921), lui valut une célébrité immé-diate. Il fut considéré désormais comme le romancier du couple, l'analyste et le moraliste de la vie conjugale. *Le chant du bienheureux* (1927), *les Varais* (1929), *Éva ou le journal interrompu* (1930), *Claire* (1931), *Les destinées sentimentales* (1934), marquent des étapes de son œuvre romanesque.

Dans la seconde partie de sa vie, Jacques Chardonne s'est écarté de la fiction pour se consacrer plutôt à l'essai, à la chronique ou aux œuvres de réflexion : *Le bonheur de Barbezieux* (1938), *Vivre à Madère* (1952), *Matinales* (1956), *Propos comme ça* (1966).

*Éva ou le Journal interrompu est un drame
tout intérieur ; il est situé dans le cerveau d'un
homme qui décrit ses amours. C'est un homme
qui pense. Tout le monde pense. Les idées se
mêlent aux passions et aux sensations : il n'y a
point de drames, ni d'événements, sans quelques idées.*

*Et il y a un drame propre aux idées que
Maurice Blanchot a discerné dans Éva : « Que
valent ces pensées si pénétrantes, si assurées et
si étrangères au monde ? Que valent les nôtres ?
Un drame nouveau se fait jour dans l'esprit du
lecteur. Ce n'est pas seulement la tragédie d'un
homme qui n'a pas su voir le visage de son
infortune, c'est le drame de la psychologie
même, de la vaine perspicacité. Les médita-
tions qui semblent les plus fines, les plus propres
à gagner notre adhésion sont faites de la trame*

de l'erreur... M. Chardonne ne s'est pas servi de la psychologie pour dépeindre ses personnages, mais il a montré comment ses personnages se servaient de la psychologie pour se peindre eux-mêmes, se tromper, et tout brouiller selon leurs passions, et il a atteint un monde infiniment plus profond que celui de la psychologie. »

Je ne prétends pas que toute psychologie soit vaine, toute pensée dérisoire. C'est le mélange du faux et du vrai qui est notre misère ; rien ne les distingue pour le principal intéressé. On trouverait aussi dans Éva cette désolation qui est au fond de tout amour ou de tout espoir trop complaisants ; plutôt s'en tenir aux derniers mots du livre : « Pour moi, ce fut une autre histoire, triste ou gaie, je ne sais, mais belle assurément, et profonde, utile, émouvante, car la vie est toujours grande. Je ne voudrais pas qu'on en rie. »

La moindre pensée gêne dans un roman. Le lecteur a les siennes auxquelles il est attaché et qui auront toujours sa préférence. Si l'auteur s'exprime avec concision, l'idée prend un tour irritant. On l'appelle maxime, et les maximes n'ont pas bonne réputation, avec leur ton de vérité générale.

Ces brèves formules n'ont pas tant de prétention, et le lecteur sait les réduire au relatif humain. Quand nous disons « il pleut », on a compris : il pleut à Chatou, et non pas sur le globe.

J. C.

ÉVA

OU
LE JOURNAL
INTERROMPU

I

… Très jeune, il y a quinze ans, j'ai publié un roman. Je viens de le relire. A peine deux ou trois phrases que je n'avais pas remarquées en les écrivant, me touchent encore. Si ce livre est déterré plus tard, ce n'est pas moi qui reviendrai au jour.

Mes proches ont cru que j'avais décrit mes fiançailles, mon mariage, ma personne. Ils se trompaient. Je ne me suis pas raconté dans ce roman.

Je m'étais inspiré d'Éva et son portrait était ressemblant. Ce type de jeune fille a paru faux. Et puis, on a trouvé que l'amour était absent de ce roman d'amour. Enfin, je n'ai pas eu de succès.

Aujourd'hui, j'écris un journal sans me soucier de style ni de personnages, qui entraînent au mensonge.

Depuis des années, je n'ai rédigé que des lettres de commerce. Il me semble que je ne pense à rien. Pourtant, je n'aime pas à écouter le phonographe, ni à jouer aux cartes, et je ne peux rester assis devant aucun spectacle, comme si à ce moment même on dérangeait mes réflexions. Ces idées endormies prennent la forme que voici parce que j'écris ces notes. Si je composais un roman, un traité, si je pensais à un auditoire, à ma réputation, à mon art, à mon salut, elles auraient un autre tour. Elles seraient bien différentes.

... Je n'ai rien écrit depuis quinze ans, mais si de minimes circonstances eussent été autres, je serais maintenant un romancier. De grandes œuvres sont nées d'un léger prétexte. Elles découvrent l'écrivain à lui-même. Puis, le succès ou l'obscurité modifient l'homme jusque dans sa pensée et ses facultés d'invention. Certains sont nés pour l'ombre ; la gloire les saisit ; ils demeurent tout rétractés et timides. D'autres ont besoin d'applaudissements pour devenir raisonnables.

Un métier vous détourne de bien des vanités. Peut-être qu'il vous détourne trop. C'est ce qui m'est arrivé. Une famille à entretenir avec peu d'argent, un emploi, une femme que j'aime et que j'ai tâché de rendre heureuse, m'ont accaparé. Je crois qu'on trouverait dans certaines conditions d'existence, dans certains rapports avec la famille surtout, la raison d'être de beaucoup d'œuvres, et aussi la cause qui en a détruit dans le germe un bon nombre.

En vérité, le motif de mon abstention est ailleurs : je suis un homme heureux. Je possède le seul bonheur qui soit au monde. J'aime la femme avec qui je vis et qui est ma femme.

Je n'ai pas de goût pour la fantaisie. J'aime l'imagination quand elle est capable de reproduire un drame moral qui s'est joué une seule fois dans le secret et en esprit. C'est ce drame qui m'a fait défaut.

On ne voit dans les livres que la peinture de l'amour contrarié. Ces problèmes affreux m'intéressent, mais je les regarde comme des curiosités. Là-dessus je suis instruit. Je sais qu'il existe un amour confiant, partagé, durable, que le temps embellit et augmente. Je le connais et j'en ai vu plusieurs exemples.

Il faut croire que cet amour est trop subtil pour se prêter aux transfigurations ; il fournit peu de péripéties et s'exprime par des mots qui ont perdu leur force. Celui qui l'éprouve ne demande plus rien à la vie. Il n'a plus grand-chose à dire. Aux temps où les Japonais étaient heureux, ils ne peignaient que des tasses et des paravents.

... Il m'est resté une envie d'écrire que je contente avec ces notes. Je n'ai pas honte d'une réflexion trop intime ou de peu de poids. Ainsi, je finirai peut-être par me voir. Est-ce un faux visage de moi que je susciterai à mon insu et qui me dupera ? Pourquoi ? Est-ce que j'existe avec plus de certitude dans les éléments insondables de mon être ? L'individu qui a surgi de ces ténèbres, que je distingue et que je peux reproduire, est suffisamment complexe ; je m'en tiens là.

Présentement, il est entendu que les êtres sont incommunicables et se dérobent à toutes les observations ; en particulier, la personne aimée nous est complètement étrangère ; nous ne la possédons jamais. Je trouve, au contraire, qu'on la connaît bien et que c'est là un des côtés tragiques de l'amour.

Il n'y a pas une idée, une obscure susceptibilité d'Éva que je n'aie perçue, pas un mot dont je ne sache exactement la répercussion sur elle, pas une contrariété dont je n'aie prévu les effets et que je n'aie su détourner. Même il me semble qu'elle m'a imprégné de sa propre sensibilité si délicate, au point que je suis affecté à sa place, et plus vivement, par l'événement qui doit la toucher. Si nous n'avons plus d'amis à Paris, sauf Étienne, à cause de certaines particularités du caractère d'Éva, cela tient aussi à mon zèle. J'ai éludé tant d'invitations, avancé tant de bizarres prétextes de refus, supprimé tant de camarades, que nous voilà dans un désert.

Je sais que toute réception est une fatigue pour Éva, un ennui ; que l'idée d'aller chez une amie la tourmente par avance, qu'elle n'ira pas et le regrettera ensuite ; je sais la faiblesse nerveuse, les raisons compliquées qui lui rendent difficile toute vie sociale ; mais, pénétrant trop sa nature, agissant dans la vie, quand Éva est en cause, comme si j'éprouvais ses propres réflexes, je leur ai donné trop d'importance. Plus ignorant de sa sensibilité, indifférent à son humeur, plus égoïste et brutal, je n'aurais pas pris garde à ces imperceptibles nuances. Nous serions plus entourés et peut-être qu'elle en serait contente.

On n'a d'ouverture sur un être que si on en

est aimé. La femme qu'on aime et qui ne vous aime pas, demeure incompréhensible.

... Hier soir, rentrant de mon bureau, je passais rue du Bac. Un autobus qui remplissait la chaussée me força de sauter sur le petit trottoir et m'aplatit contre une vitrine. Je me regardai dans la glace et il me parut alors que pour la première fois, depuis cinq ans que je prends cette rue à six heures dix, je m'apercevais de ce trajet. Je songeais sans doute à la note que j'écris en ce moment et j'eus conscience de ma démarche ; je me vis, adroit et pressé, glissant chaque soir à travers la foule sans jamais me laisser attarder dans ces rues engorgées et brillantes si bien disposées pour retenir le passant.

Éva m'attend sans souffrir jusqu'à six heures vingt. Mais tout retard lui est intolérable. Elle ne m'adresse jamais un reproche, mais, sur son visage, une ombre légère ne se dissipera plus de la soirée. Grâce à une dextérité devenue mécanique j'arrive à l'instant où je suis attendu.

Ainsi j'emploie le temps qui m'appartient après mes heures de travail à rentrer chez moi au plus vite et par le plus court. J'étais un jeune homme qui aimait la flânerie et l'amitié. Aujourd'hui, je ne vois même plus les impolitesses, les défections, les renoncements que j'ai accumulés, la stratégie qu'il me faut renouveler chaque jour, pour m'assurer un prompt retour. Une telle contrainte m'eût semblé abominable jadis, si j'avais pu la concevoir. Je ne sens pas ma servitude. Auprès du plaisir de retrouver Éva en bonnes dispositions, il n'existe rien pour moi.

Ce retranchement du monde, je ne sais plus s'il vient de certaines susceptibilités d'Éva ou si je l'ai voulu. J'aime la conversation. Je parle même à ce papier. Autrefois cette solitude m'eût pesé. Mais j'étais un autre homme. La vie que nous menons me plaît. Du moins, je le crois.

J'ai conservé une jolie image du temps où je rencontrais des inconnus : en été, quatre hommes dans une fraîche salle à manger à Auteuil, les stores baissés et remplis d'une lumière couleur champagne. Déjeuner parisien, animé de cette bonne humeur que donne l'appétit parce qu'il est tard. Personne ne se connaissait. On se trouvait comme délicieusement allégé de ses propres souvenirs et de sa personnalité. Un esprit gracieux, favorable, cette espèce d'amour qu'on a pour l'humanité, ou pour la personne qui est là, circulait facilement à travers des êtres sans forme.

J'ai lu que dans les réunions du « monde », la finance, les lettres, la science, la politique, délèguent leurs représentants autour d'une tasse de thé et que ces rencontres sont curieuses. Je crois que le poète, le savant, le financier, ne pénètrent jamais dans un salon. C'est un substitut sans caractère, un fantôme poli, qu'on voit entrer. Autour du thé il n'y a personne. C'est cela qui est charmant.

... J'écris ces notes le dimanche matin. J'aimerais écrire tous les jours, mais je ne dispose pas de ma soirée. J'achète des livres et je les range dans ma bibliothèque. C'est Éva qui a le temps de lire. Les moments que nous passons ensemble sont courts et je les réserve à Éva quand je ne fais pas les devoirs des enfants. Il faut qu'elle soit endormie à neuf heures et demie, exactement. Si elle se couche un peu plus tard, elle est prise d'un singulier énervement et ne dort plus de la nuit. Lorsque je ne suis pas dans la chambre, elle ne peut pas s'assoupir. Elle n'a pu supporter longtemps que je partage son lit, mais il faut que je sois auprès d'elle. Cela m'oblige à me coucher de très bonne heure. Je reste éveillé, étendu sur le dos, tâchant de ne pas bouger. Vers minuit, je sens que si je me levais pour marcher dans la pièce ou manger un fruit, je m'endormirais ; mais le plus léger bruit de ma part éveillerait Éva et elle ne se rendormirait plus. Le lendemain son humeur s'en ressentirait. C'est cela que je redoute surtout. Non pas qu'elle soit jamais impatiente ou déraisonnable, mais la moindre fatigue marque sur son esprit. C'est une altération que seul je distinguerai et qui me gâtera ce que j'ai de plus cher. Cependant, j'ai constaté que si Éva est réveillée par un bruit qui vient des enfants ou de l'extérieur, elle se rendort aussitôt.

Je ne sais plus ce que je voulais dire quand j'ai commencé à noter ces détails. Ceci, je crois : il semble que rien ne soit plus déterminé que notre caractère et plus difficile à modifier qu'un penchant ou un trait de notre nature. Mais certaines circonstances opèrent presque à notre insu de tels miracles. J'ai un tempérament nerveux, irascible, autoritaire : cela n'apparaît point dans ma vie. Je montre une douceur et une complaisance qu'on voit chez les benêts sans nerfs. J'étais un homme frivole, indépendant, et le moins fait pour supporter une femme. Apparemment, il n'en reste rien.

... Il y a un secret pour vivre heureux avec la personne qu'on aime : il ne faut pas vouloir la modifier. Pour corriger un travers qui nous agace, on a bientôt renversé son bonheur. Prenons garde que ce défaut tient à la nature de cette femme. S'il provoque une irritation disproportionnée, c'est qu'une haine, ignorée de nous, trouve ici un prétexte pour éclater. La femme perçoit ce motif secret, quand elle semble affectée sans mesure par des propos anodins, et cette susceptibilité accroît notre colère. On en vient bientôt à ces bizarres querelles d'époux où les mots n'ont plus de sens exact, mais cachent des pointes blessantes, signes d'un langage muet, symboles inintelligibles qui se rapportent à une tragédie obscure.

Les travers que nous lui reprochons sont ennuyeux, mais regardons-les avec bienveillance. L'artiste connaît les défauts de son œuvre et les aime, parce qu'ils sont liés à des mérites essentiels. Si Éva était parfaite, elle serait une autre femme.

26

Cette douceur amie, cette compréhension, cette faiblesse illimitée, c'est l'amour.

Je n'admets pas l'amour grognon, despotique, justicier, qui vitupère et assassine. On peut aimer et haïr à la fois le même être ; mais ce sont là deux sentiments distincts. Il y a des gens de tempérament jaloux, triste, insatiable, diabolique. Leur amour se ressent de ces vices ; il en tire parfois des aspects fulgurants. Un vice n'est pas l'amour.

... J'ai revu Gisèle, cette jolie bonne de mes parents. J'avais treize ans, je crois, quand elle est partie de chez nous. Je me souvenais d'une délicieuse fille blonde. J'ai retrouvé ses yeux, peut-être, mais, tout de suite, j'ai remarqué son menton et sa bouche déviés, comme si la vie lui avait assené un coup dans la mâchoire. Elle était ainsi jeune fille, certainement. Elle était laide, mais on ne le savait pas. La jeunesse l'illuminait et nous aveuglait.

Je l'ai quittée, songeant à ce mystère de la beauté, et j'ai pris un tramway. Devant moi, une jeune fille était assise. Je regardai ses yeux brillants et noirs, ses joues fraîches, ses bras de cire bien moulés. Jolie ? Non. Admirable, si l'on veut ; mais un je ne sais quoi de pincé entre le nez et le menton disait que sa beauté trompait.

Il y a des visages qui passent pour disgracieux, et qui ont aussi entre le nez et le menton un je ne sais quoi, mais qui est charmant. Le portrait d'Éva que je préfère est manqué. Il fait pitié à un photographe. Pour moi, il vit, il lui ressemble.

J'ai tâché de me rappeler le visage d'Éva que j'ai connue quand elle était une jeune fille en tailleur beige, marchant très droite dans les rues de Lausanne ; je ne peux pas le retrouver ; j'ignore si elle a changé. Je ne le saurai jamais. Ce que j'aime en elle est bien situé dans sa personne physique, si fragile, qui dépérit tous les jours ; et pourtant cela ne varie pas, cela ne vieillit point. C'est comme une essence matérielle et inaltérable qui la distingue dans une foule, à tout âge, immédiatement reconnue.

... Moi aussi, je dirai un mot sur le bonheur. Il n'existe que gratuit. Il n'est pas ressenti par contraste, ni obtenu par la volonté ou la sagesse. Si on a trop souffert pour s'en approcher, s'il vient trop tard, on a perdu le cœur léger et frais qui pouvait le goûter. On souffrira toujours.

... Un de mes jeunes cousins qui va se marier demande à un ami plus expérimenté ce que sa femme et lui se disent tous les jours. Question terrible.

Propos d'époux ! Entretiens étranges qui ne ressemblent à nuls autres, qui n'ont l'air de rien et expriment si bien l'amour ou l'ennui, qui traversent d'un vol sinueux de longs silences et se posent dans la poussière ou sur une branche fleurie !

Si je veux définir ce que j'aime surtout chez Éva, je dirai que c'est l'intelligence. Celui qui n'a pas été ravi par l'esprit d'une femme aimée doit encore apprendre sur l'amour et sur l'intelligence.

Chez les boutiquiers, chez les paysans, c'est la femme qui est intelligente. Dans les villes de province, dans certaines capitales du vin où les hommes sont tout entiers engloutis par un métier sordide, avec qui échangerait-on une sorte d'idée si on n'avait la ressource, en de mornes réunions, d'approcher sa chaise d'une femme qui a conservé un peu d'âme ?

Cet été, parcourant les salles du Grand

Hôtel à Paris, je ne croisai que visages de brutes, des spécimens bien vêtus et robustes d'une espèce commune à deux continents et que le même combat a défigurés. Tout à coup, j'aperçus une femme assise dans un coin du salon. Elle n'était pas jolie, elle n'était plus jeune. On distinguait tout juste en elle un air d'attendre et de réfléchir. Là, dans cette forme indécise, quelque chose d'humain et de spirituel s'était réfugié.

Il y a des artistes, des hommes fins, qui ont porté beaucoup plus loin l'intelligence féminine. Ils sont rares. Les femmes abondent. Ce sont elles qui sauvent l'esprit sur la face de la terre.

Je n'en suis pas certain. A tout cela, on pourrait facilement contredire. On prétend que les femmes se sont beaucoup gâtées ces derniers temps. Dieu merci ! je n'ai pas à les voir et cela m'est égal. Je sais que l'esprit d'une femme a enchanté ma vie. En somme, c'est tout ce que je voulais dire.

... Quand certain pli de l'esprit, une humeur contractée, une bizarrerie de caractère se montrent chez Éva, l'air que je respire est différent ; il ne pénètre plus dans ma poitrine. J'ai un malaise qui vient du cœur, qui touche au cerveau, une espèce d'hémorragie m'épuise, je n'ai plus faim, je suis vieux, j'éprouve la sensation d'un malheur écrasant, il me semble que ma vie est affreuse. Je m'endors à l'aube. Mais deux heures de sommeil suffisent pour effacer cette impression mortelle, si au matin Éva me parle de sa voix normale. Instantanément, j'oublie la peine si lourde qui me rongeait ; je ne la comprends plus.

Lorsque je m'interroge, je me dis : « Je suis heureux », comme on dit : « Tout va bien », sans penser aux cauchemars de la nuit. Oui, je suis heureux, c'est bien vrai. Mais, si je tenais en détail le journal de ma vie, si je pouvais saisir la nuance de l'instant, ses éléments douteux, toujours en mouvement, en oscillations, frémissant de reflets et de reflux, je n'y trouverais rien qui réponde à ce sentiment étale, à ce ton uni et fixé qu'on voit dans le mot « bonheur ».

Au-dehors, dans mon bureau, je suis un homme solide, de sens froid ; je sais écarter l'idée d'un événement redoutable qui effraye par son ombre ; je suis régi par un système discipliné qui fonctionne bien. A la maison, comme tout à coup débilité par un climat

31

malsain qui modifie la sensibilité, me voilà affecté par l'accent d'un mot, assombri, heureux, dévasté pour rien. C'est inexplicable.

... Je m'aperçois que mes réflexions se rapportent toutes à Éva. C'est que j'écris chez moi et que ma pensée est toujours dominée par une impression qui me vient d'Éva. Si je composais des romans, ils auraient tous le même sujet. Je n'écrirais que sur l'amour, et particulièrement sur l'amour à la maison. C'est un grand sujet, il est vrai, profond, et le seul peut-être qui soit éternel.

La peinture de l'amour intéresse tout le monde, car chacun en a un peu souffert, surtout celui qui ne l'a pas connu. Il ne s'agit pas d'histoires de femmes. On sent bien que c'est l'homme qui est en cause, et son histoire. Les rapports de l'homme avec la femme, sa conception du couple, ce qu'il gagne à ces liens, ce qu'il perd, importe beaucoup. Les Japonais et les Américains ne comprennent pas nos subtilités et ils trouvent nos meilleurs romans baroques et ennuyeux quand il y est question d'amour. Une certaine idée de l'amour est un signe de civilisation raffinée, comme le sentiment de l'honneur et la belle prose.

... Souvent quand je suis désespéré d'une obscure distance entre nous, je souhaite un juge qui m'éclaire. Peut-être ai-je des torts envers elle que je ne vois pas. A deux, on se perd en soi-même, on s'entraîne l'un l'autre dans un abîme d'ombre, sans secours ; mais il n'y a point de juges, nulle part. Ce qui n'est pas résolu par l'amour restera toujours en suspens.

... C'est un bel apanage pour une nation qu'une justice honorable. Le mot « justice » est impropre. On croit que les juges ont pour mission de satisfaire à notre sentiment du juste. En réalité, ils appliquent des lois, ils se réfèrent à des textes, à des précédents, et veillent sur la stricte observation des formules. Les filous connaissent bien les règles et en profitent. L'honnête homme est souvent négligent et distrait ; c'est ce que le juge blâme avant tout. L'honnête homme est volontiers querelleur. On se méfie de ses récriminations ; on exige des preuves impossibles. On a raison. Le monde est plein de braves gens qui ne voient partout que des gredins.

... Je sais à peu près ce que les autres pensent d'Éva ; quand on a eu un différend avec des amis, on leur a donné l'occasion de s'exprimer et la famille a dit le reste. On la juge susceptible, sans-gêne, égoïste, enfant gâtée, tyrannique, fantasque. Elle n'a aucun de ces travers en réalité, mais je comprends qu'on ait pu les lui attribuer. Je pense que si elle avait ces défauts, je ne les verrais pas du même œil que les étrangers ; ils m'apparaîtraient comme explicables et naturels. Si elle me faisait souffrir, si j'avais à me plaindre de grands torts de sa part, sans doute ne pourrais-je pas les lui reprocher : je sentirais trop bien leur excuse. Si je la quittais, il faudrait que je l'oublie complètement pour reprendre mon avantage.

Il y a un mirage favorable à l'amour, qui tient à la distance d'un objet inaccessible. Il y a un mirage plus favorable encore qui vient de la proximité d'un être et de sa fréquentation intime et prolongée.

A vrai dire, Éva a un défaut, mais je suis seul à le connaître, et je l'ai décelé si tôt, j'ai pris tant de précautions pour écarter tout ce qui pouvait lui donner prise, l'éveiller, le nourrir, qu'il ne s'est jamais manifesté. Éva n'en a aucun soupçon. Si je lui reprochais ce vice, si bien tapi et tombé en léthargie grâce à ma vigilance et à mes renoncements, et qui a eu tant de conséquence sur ma vie, elle ne me comprendrait pas.

Éva est un peu jalouse.

Elle eût été surtout jalouse des hommes, si je lui en avais donné le prétexte. Pourtant elle a admis une exception, et justement à l'égard de mon meilleur ami. Elle n'a jamais montré d'hostilité envers Étienne. C'est que, d'instinct, elle a compris que sur ce point je serais inattaquable. Je n'aurais jamais accepté que mon amitié pour Étienne fût gênée.

... Il n'y a pas de femme aimable qui ne soit sensible, il n'est de communication véritable avec un être que par la sensibilité. Mais une femme trop sensible exige de vous tant de ménagement qu'on est bientôt seul. On est toujours coupable auprès d'elle, et il faut bien reconnaître sa propre malfaisance devant le bouleversement que produit le moindre geste innocent. On ne se jugeait pas si brutal, si grossier, si injuste. On a beau se contracter, on porte encore en soi de quoi labourer une

35

tendre chair, et, si réduit que vous voilà, vous restez couvert d'épines. Peut-être que, mort, vous ne ferez plus souffrir.

... Notre seule distraction à l'extérieur est le concert. Je n'aime pas la musique, ou, plutôt, je n'aime pas les concerts. Ce peuple enfermé dans une salle chaude m'étouffe. J'ai envie de sortir. Je ne sais pas penser en musique, ni ressentir ce qui n'a pas d'abord touché mon esprit. La musique me rejette violemment vers son contraire, je ne sais quoi de purement intellectuel que je voudrais saisir avant d'être bercé. Mais ce qui m'incommode surtout au concert c'est l'état où je vois Éva à mon côté : cette espèce d'exaltation muette, ce visage hagard de damnée éblouie sous un reflet céleste, cette prostration haletante, cette chair crispée de douleur religieuse. Elle m'est soustraite. Elle est emportée dans un monde où je ne puis la suivre.

Je retrouve, chez elle, cette vibration effrayante après une lecture qui lui a plu. Elle a le goût juste et nous sommes d'accord sur les bons morceaux, mais son impression atteint toujours à un degré de fièvre et de ravissement qui me surpasse. Cette émotion est brève.

En la voyant dévorer des livres avec tant de feu, je songe aux écrivains qui ont besoin de ce public pour être lus. La femme est un lecteur très infidèle, qui se donne et se retire vite. Elle a peu de mémoire et l'écrivain ne vit que de mémoire.

Aujourd'hui un auteur délicat aime mieux plaire aux jeunes gens. C'est le plus bas auditoire et le plus inconstant. On rougit toujours de sa jeunesse et de ses premières amours. Deux générations de jeunes sont très éloignées. Ce n'est jamais le même qui a vingt ans.

Si j'écrivais, je voudrais être apprécié des vieillards. Au moins, j'atteindrais un public durable ; en tout temps, au déclin de la vie, les hommes se ressemblent.

... Nos deux garçons mettent la maison à l'envers. Je ne les ai pas vus grandir. J'étais donc bien distrait quand ils étaient tout petits : je ne me souviens plus de leurs premiers pas. Est-ce le même temps, pour eux et pour moi, qui a mesuré leur enfance ? J'avais des principes d'éducation, mais je n'ai pas trouvé le moyen de les appliquer ; ces garçons ont poussé tout d'un coup, et maintenant il faut sévir à l'improviste, s'adapter au tempérament de chacun et les suivre là où ils vous entraînent. Il est vrai que j'avais surtout pensé à l'éducation d'une fille.

Je n'aurais pas voulu donner à ma fille l'éducation qu'Éva a reçue. Mais son innocence m'eût déconcerté et, finalement, nous l'eussions élevée au jour le jour, tout autrement que nous ne l'avions prévu.

J'ai senti, auprès d'Éva, l'inconvénient d'une éducation trop rigide. Pourquoi prendre tant de soins pour conserver un rêve de pureté, puisqu'il faut en venir au mariage?

Éva, à Lausanne, ne sortait qu'avec ses parents pour aller entendre un concert sur la place de la Riponne, les soirs d'été. Pendant ces promenades, croisant quelquefois un étudiant en médecine, à qui elle n'avait jamais parlé, elle en devint amoureuse. Elle en plaisante aujourd'hui. Mais je ne sais si elle voit bien la relation de cet amour avec la discipline de sa famille rigoriste. Pourtant, elle a conservé, de cette éducation que je condamne, certains traits qui me la rendent plus chère. S'ils lui manquaient, je ne peux même pas imaginer que je l'aimerais.

En ce temps-là, avant la guerre, même à Lausanne, les mœurs étaient déjà relâchées et on voyait peu d'enfants opprimés. Mais, dans ma vie, il n'est jamais entré que des choses qui n'ont aucun rapport avec mon époque, telle qu'on me la dépeint.

... Hier soir, en dînant, Étienne a prononcé une phrase qui a choqué Éva. Je m'en aperçus si clairement que je n'eus pas besoin de la regarder pour le savoir et j'ai baissé les yeux sur mon assiette. Étienne a senti ma gêne et en a été agacé. Je l'ai su aussi en regardant mon assiette.

Éva a une susceptibilité spéciale sur tout ce qui touche à l'amour. Un propos libre, lorsqu'il est prononcé devant moi, lui donne le frisson, et un livre qui n'est pas absolument chaste lui fait horreur. Son jugement si sûr est troublé quand cette aversion intervient. Elle ne peut sentir aucune beauté « vulgaire », c'est-à-dire qui implique une allusion à la chair.

Cette pudeur, chez elle, me plaît. Je ne puis dire tout ce que j'y vois. Il y a là quelque chose de hautain, de frais, d'inhumain, de vraiment sensible et par quoi elle m'apparaît comme essentiellement féminine. Même cette froideur des sens, étrange chez elle, qui est si tendre et vibrante, ce beau corps endormi, je l'admire. C'est la femme qui a paré l'amour. Éva n'a pas réussi à m'ouvrir à la musique. Mais, sans elle, je ne serais pas sorti d'une petite partie de moi-même.

Deux lits séparés et voisins ont des inconvénients. Cette ruelle qu'on franchit donne au geste un relief, un air de préméditation qui peut froisser une femme. Bientôt, sur certains points, on ne se comprend plus. J'en suis venu à ne guère traverser ce petit espace et cela ne me gêne pas. Si je me reporte à une période de ma jeunesse où j'étais brûlé de curiosité et insatiable, je constate que l'homme s'adapte à des conditions très singulières, le temps venu. Il ne faut pas trop s'alarmer de sa corruption. Quelques années en font un sage.

Quand on voit un jeune homme et une jeune fille, si différents l'un de l'autre par l'éducation et la nature, s'unir dans le mariage, on se demande comment ils peuvent s'entendre. Cette différence augmente, car ils évoluent dans des directions opposées. Il semble que l'on pourrait expliquer par des divergences sexuelles bien des conflits. En réalité, lorsqu'on s'aime, on s'arrange assez facilement de ces difficultés. Le drame est ailleurs ; c'est l'amour qui manque ou qui n'est pas ce qu'on voudrait.

J'ai surpris une confidence. Une jeune femme maigre, nerveuse, ravagée, disait : « Mon mari est bien portant. Il a un caractère parfait. Je l'aime, je l'estime et pourtant je ne peux plus le supporter. Cet homme vigoureux, qui mange, qui dort si bien, jamais irrité, jamais en défaut, il me semble, pendant mes insomnies, qu'il absorbe tout l'air de la chambre, que sa force me dévore, qu'elle est prélevée sur ma substance. »

Il y a des drames qui tiennent à la chair ; mais leur cause est diffuse et très obscure. Il ne faut pas la situer inconsidérément dans le mécanisme du sexe. Souvent une aversion pour l'époux chéri n'a pas été perçue tout au long de la vie : on l'appelle mélancolie ou d'un autre nom.

... On n'est pas juste pour la femme si on ne tient pas compte des fatigues que lui donnent la maison et les enfants. C'est une tâche méticuleuse et désordonnée, sans frein ni limite, bien différente du travail de l'homme qui ressemblerait plutôt à une promenade hygiénique et réglée. Je vois souvent Éva

41

se perdre en rangements qui me révoltent. Une coquette se fatigue dans les plaisirs, mais conserve une volonté de défense personnelle, une flamme, qui la sauve longtemps. Dans la maison, une femme assurée de plaire atteint vite un point d'usure, un état de distraction affairée et de vide mental qui la supprime. Éva ne m'a jamais causé d'autres impatiences.

... J'ai toujours eu le regret d'un mot vif que j'ai dit à Éva, j'ai toujours senti que j'avais eu tort. Il est curieux que sous le coup de l'irritation on sente ses reproches si justifiés ; on distingue la faute éclatante, on peut indéfiniment l'expliquer. Survient un léger changement dans l'humeur et on ne comprend plus ce qu'on a dit. On a oublié ses griefs ; on voyait un objet qui n'existait pas. Ce que j'écrivais, l'autre jour, à propos de la femme et de la maison n'a aucun sens.

... La femme est complètement différente de la jeune fille, même si elle conserve un rien de fraîcheur et de sentimentalité. (Je devrais dire : Éva, car je pense à elle, et il n'y a pas deux femmes pareilles.) La jeune fille

42

est formée par le loisir, l'indépendance et la rêverie. Tout d'un coup, la maternité l'assujettit et lui impose cette vigilance minutieuse, ce profond réalisme qui permettent aux enfants de vivre. En même temps, elle est aux prises avec les calculs précis et connaît tout le poids de la vie matérielle. Son courage et son adresse en face d'une épineuse réalité atteignent au sublime chez les pauvres.

C'est l'homme qui rêve, ou qui boit.

... Ce n'est pas le vieillissement du visage qui inquiète, s'il arrive qu'on s'en aperçoive, mais la mobile physionomie intérieure d'une femme. Je ne croyais pas qu'on fût toujours incertain de la véritable image d'une femme qu'on aime et que le sentiment reposât sur des impressions à tout moment troublées. Je me disais que l'habitude finissait par fixer un aspect et qu'on pouvait penser à autre chose. Tant qu'on aime, l'habitude est exclue et rien ne rassure qu'un certain consentement qu'il faut sans cesse renouveler.

Peut-être que ces formes du caractère et de la personnalité, si variables, qui plaisent ou tourmentent, reproduisent seulement les alternatives de votre propre cœur ? On n'en sait rien. Ce qui dépend de l'un, ce qui appartient à l'autre, reste emmêlé dans cet étrange assemblage de deux êtres qui ne laisse personne en repos.

On demande quelquefois si l'amour subsisterait devant telle disgrâce qui atteindrait l'être aimé ; cet accident arrive tous les jours.

… Je ne sais pourquoi on reproche à notre temps d'être une époque de matérialisme, ivre de ses grossiers progrès scientifiques. Au temps des diligences, on ne demandait pas au postillon d'être grand clerc. Aujourd'hui, il y a une quantité de postillons. Mais c'est peut-être Bergson qui est dans la voiture.

… Un écrivain doit beaucoup surveiller son style. La même pensée exprimée en peu de mots ou longuement, n'est pas du tout la même. Énoncer trop simplement ses idées risque de les faire passer pour négligeables. C'est une faute de style.

Dans la vie, il y a une attitude discrète et fière qui vous retire tout ; il y a une vraie noblesse qui est perdue pour tout le monde.

44

... Cette semaine, nous avons eu à dîner un de mes parents qui m'a rappelé les ridicules d'une certaine coterie que j'ai un peu connue quand j'étais enfant. Il est grand marchand dans une grande ville, au bord d'un fleuve jaune. Une longue hérédité d'indigence intellectuelle, de bonne éducation et de richesse, produit dans la bourgeoisie de province des êtres très étranges. On sent que si l'esprit pénétrait une fois chez un descendant de ces familles ce ne pourrait être que par la folie. Je ne veux plus penser à ce garçon. D'ailleurs tout homme, après Étienne, m'est indifférent et je ne sais plus parler à personne. C'est l'inconvénient d'une grande amitié exclusive, on oublie le langage usuel, on est dépaysé partout, on n'a plus de semblable. Mais c'est grâce à elle qu'on a une si haute opinion de l'homme.

... En revenant d'Ambérac, il m'a semblé que c'était la dernière fois que nous rendions visite à ma mère. Éva m'a dit que j'avais eu déjà cette pensée. Quand j'ai revu ma petite ville poitevine, où j'ai pourtant si peu vécu, j'ai mille souvenirs à raconter. Éva est née à

Lausanne et nos premières années ne se ressemblent guère. En me rappelant l'Ambérac de mon jeune âge, je me penche sur un vaste monde prodigieux. Ce n'est pas un mirage. Il n'y a rien de plus étonnant qu'une petite ville. On voit de très près une collection de bourgeois, fonctionnaires, professeurs notamment, tous excentriques, aux noms inouïs et qui vraiment ne se rencontrent pas ailleurs. Je pense qu'ils sont relégués dans ces endroits pour leur originalité. Cette société vous apprend sur l'amour, les passions et le pittoresque humain tout ce qu'on peut savoir. Je m'étonne qu'un romancier ait de l'imagination s'il n'a pas vécu dans une petite ville. Peut-être qu'il suffit d'avoir été enfant n'importe où.

... Éva n'était pas malade, ce sont nos garçons qui la fatiguent. Mais il fallait un médecin.

Nous ne savons absolument pas nous diriger et on doit nous rappeler par moment certaines notions élémentaires. Si un mari s'avisait de donner un conseil il se rendrait odieux. Le médecin est bien accueilli et on l'écoute quelques jours.

On m'avait recommandé un autre docteur. En cette ère des sciences, Paris est plein de sorciers. Fontanès examine votre regard, puis votre écriture, et vous remet une poudre qui guérit le foie ; Samuel enseigne une façon de respirer qui produit des miracles ; Picot se borne à vous apprendre quelques phrases et à vous tenir en joie. Tous guérissent vraiment, et par des moyens différents, les mêmes maladies qui ne sont point imaginaires.

... Le principal, pour un homme, est la femme qu'il aime ; il en retire tout le bonheur et toute la souffrance possible. Elle donne à tout un goût fade, âcre ou délicieux. Et pourtant les amours du prochain nous sont indifférentes.

Nous comprenons mal que cette femme lui importe beaucoup ; c'est à peine si nous admettons son sentiment comme une espèce de manie. Le bonheur d'autrui fait toujours pitié.

... Pour la première fois depuis tant d'années, je n'ai pas trouvé Éva en rentrant à la maison. C'est la semaine de Noël et elle a été sans doute retenue par des achats. Cette image d'absente m'étreint. Tout ce bruit que font les enfants ne couvre pas un intime silence de glace qui a l'air d'un reproche. Que de temps négligé a glissé sur nous...

... Je veux noter en détail cet incident. Étienne est arrivé à sept heures et je l'ai prié de m'attendre au salon. Je suis allé dans notre chambre pour parler à Éva. Elle venait d'apprendre qu'Étienne dînait avec nous ce soir. J'avais oublié de l'avertir. Elle en était un peu contrariée. Je voulais la voir parce que je sais que certaines impressions chez elle peuvent s'envenimer, ou passer très vite si on est adroit. Il faut lui parler longuement, avec douceur et entrain d'un autre sujet, sans effleurer le point douloureux ni surtout la blâmer. Ce traitement exige quelque temps et beaucoup de pouvoir sur soi-même. Justement, j'avais à l'entretenir d'un propos qu'on m'avait rapporté sur Roussi qui pense à moi pour un autre poste. Je suis resté un long moment dans la chambre avec elle. En sortant j'ai été appelé par un des garçons qui m'attendait.

Je ne songeais plus à Étienne lorsque je

suis entré dans le salon. Il tenait un volume à la main et continua un instant sa lecture d'un air intéressé, comme s'il n'avait pas remarqué mon absence. Quand il me vit assis, il posa le livre. Légèrement pâle, d'une voix qui affectait le naturel, il me dit : « Te souviens-tu de Massicot ? » Puis, il ajouta : « Je l'ai revu plusieurs fois, ces jours-ci. Il habite Paris, maintenant. Il est marié et enfoncé dans sa famille ; il n'en reste rien. C'est un homme aveugle et sourd. On ne peut plus lui parler. Il ne voit que son bonheur, cette espèce de bonheur facile que permet toute médiocrité, que le hasard vous octroie et qu'on ramasse dans sa niche. » J'ai répondu : « Ah ! vraiment ? C'est dommage, c'était un gentil garçon. »

Je me demande, aujourd'hui, si un homme qui ment s'imagine qu'il suffit de parler pour tromper, et s'il ne s'aperçoit pas qu'il dit la vérité par toute sa personne. Il est très difficile de soutenir un artifice. Je n'ai pas cru, un instant, que le personnage de Massicot existât tel qu'Étienne le représentait et j'ai bien compris qu'il pensait à moi et m'adressait ce reproche. J'ai dit : « Ah ! vraiment ? » Ce qui signifiait : « J'entends, mais je ne veux pas te répondre. »

... Étienne n'est pas venu me voir pendant trois semaines. Je suis passé chez lui hier et il m'a avoué d'un trait son opinion sur moi : Je suis devenu distrait au point d'être sot ; je me dispense de toute marque d'amitié qui me déroberait un instant ; l'amour m'a rendu coriace ; on ne me voit plus hors de chez moi ; à la maison, préoccupé par Éva, je ne montre qu'une attention de cérémonie. Au total, j'ai perdu cette vertu de disponibilité, sans quoi il n'est plus d'amitié ; au moins un étranger se donne la peine de feindre et on peut se méprendre. Lorsque l'amitié, par ses perceptions si fines, vous permet de mesurer l'indifférence foncière d'un homme, elle est bien cruelle.

Je l'ai laissé parler et je suis parti. Puisqu'il ne savait pas pourquoi j'étais à peu près tel qu'il me dépeignait, sans que mon sentiment pour lui ni le fond de mon caractère aient changé, puisqu'il ne me comprenait plus et qu'il eût fallu m'expliquer, ce n'était pas la peine.

... Rien n'est acquis. Le passé ne garantit rien. Il faut protéger toujours ce qu'on veut garder. Une des tristesses de l'âge, c'est qu'il dénude les êtres. On voit, comme sur le visage de Gisèle, le défaut longtemps voilé qui les constitue. Un jour, il n'y a plus personne ; on est le dernier. J'ai vécu sur un portrait d'Étienne qui ne ressemblait plus au modèle. Je le voyais trop souvent pour m'apercevoir de la différence, et j'appelais le connaître un pouvoir de ranimer une image fausse. Tout d'un coup, je le découvre. J'aperçois le trait essentiel de sa personne, qui était devant mes yeux et qui m'échappait : il n'a pas de cœur.

Dans la maturité, lorsque les premières rides annoncent le dessèchement de l'homme, le cœur se désagrège en une espèce de susceptibilité qui est sa parodie.

... Je dois mes plus constantes satisfactions à mon métier. Il m'a permis de guérir, chaque jour, bien des troubles et il m'a appris sur la vie ce que je sais de plus important. J'ai pu approcher Roussi et comprendre les belles figures de notre temps qu'on voit si mal.

Notre idée de la beauté et de la grandeur reste façonnée par des modèles antiques et ce qui n'a pas encore été dépeint par les artistes demeure chose barbare et vile...

... Éva m'a appelé avant que je termine ma phrase et aujourd'hui je ne sais plus ce que j'avais dans l'esprit la semaine dernière. Qu'advient-il des pensées oubliées et de l'œuvre interrompue ?

Aujourd'hui, je me bornerai à copier une belle page. J'ai lu ailleurs quelques phrases semblables ; mais il est bon que les écrivains rabâchent. Sans les plagiaires on ne saurait rien :

« L'homme aime l'action plus que le plaisir, l'action disciplinée et réglée plus que toute autre action, et l'action pour la justice par-dessus tout. D'où résulte un immense plaisir sans doute ; mais l'erreur est de croire que l'action court au plaisir ; car le plaisir accompagne l'action. Voilà comment il est bâti ce fils de la terre, dieu des chiens et des chevaux. L'égoïste, au contraire, manque à sa destinée par une erreur de jugement. Il ne veut avancer le doigt que s'il aperçoit un beau plaisir à prendre ; mais dans ce calcul les vrais plaisirs sont toujours oubliés, et son désespoir me prouve qu'il s'est mal compris lui-même. »

... Je ne saisis pas bien le sens de ce mot
« le contemplatif », ni ce caractère « désinté-
ressé » que l'on attribue à la pensée en
opposition avec l'action. Une pensée est toujours une fièvre ou un remède, ou une arme,
un gage, une parure. Je n'ai vu que certaines
actions qui fussent désintéressées. Elles
n'étaient pas les plus belles. Suivant le point
de vue, l'homme est commandé par l'intérêt,
ou bien, tout en lui, actions et pensées, est
abnégation et don anonyme. C'est une question de perspective.

... Le succès, le pouvoir, gratifient
l'homme d'un visage qui impose à tous ; et
même lorsqu'il doit sa valeur à l'esprit, il
n'est, pour personne, absolument pareil s'il
est méconnu ou célèbre. Il y a un maintien, un
sourire, une façon d'écouter et même de
juger, que nous réservons à l'homme puissant.
Lorsque Roussi me parlait, j'étais si
contracté et si respectueux que je n'ai pas
compris tout de suite qu'il m'offrait l'emploi
que j'attends depuis des années et qui chan-
gera entièrement ma condition.

... Le premier mouvement d'Éva quand elle a connu l'offre de Roussi a été l'inquiétude. Elle craint que je ne me fatigue dans ce nouveau poste qui m'obligera à voyager. Cette sollicitude m'a irrité. Je n'ai pu m'empêcher de lui dire que les gênes que je m'impose pour elle affectent bien plus ma santé qu'un trajet en chemin de fer. Cette allusion lui a paru injuste et horrible. J'ai senti que cette espèce d'abdication, cette perpétuelle servitude, ces attentions sans nombre qui ont plié ma vie à son humeur lui sont entièrement inconnues.

Je lui ai dit que ce poste m'intéressait, qu'il représentait pour tous de grands avantages, qu'il était le but de ma carrière. J'ai ajouté que Roussi n'admettrait pas mon refus, ou, du moins, le jugerait sévèrement.

Elle a beaucoup pleuré et m'a dit qu'elle ne pourrait supporter mon absence.

... Il y a plusieurs femmes dans une femme sensible et c'est ce qui attache si fort en déchirant. Comme on est touché par le retour de la raison dans un être faible! Lueur exquise de l'intelligence!

Éva comprend l'importance de cette situation. Elle en est heureuse. Elle veut que je l'accepte. Nous en avons parlé toute la soirée.

... Les paroles ne signifient rien quand on s'aime. On ne peut pas tromper. Elle me dit que je dois accepter, mais je sais qu'elle ne supportera pas mon départ. Je ne l'ai pas quittée un jour depuis longtemps. Sa volonté, son courage, ses paroles n'y changent rien. Il y a là un fait où échoue le bon sens. Ce n'est pas possible. Je l'ai dit à Éva hier soir. Elle l'a reconnu dans une explosion de larmes. Que cette heure fut douce, cet abandon et tout ce que nous avons dit ce soir-là !

... Comme elle a raison, en vérité ! sa sensibilité était plus lucide que son esprit. On ne comprend cela que lorsqu'on ne s'est pas quitté. L'absence n'est jamais courte. Elle est incommensurable. Elle introduit dans la vie commune une enclave d'une substance inconnue, effrayante et qui ressemble à l'éternité. Lorsque je résidais à Lucerne, vers la fin de la guerre, prisonnier à demi libéré, je recevais les soins d'un dentiste anglais, qui avait un beau cabinet reluisant et bien agencé, mais qui ignorait tout de son métier. Il fut si troublé à l'idée de m'arracher une dent qu'il préféra m'endormir pour être seul. Il employa je ne sais quelle drogue qui m'ôta la conscience dans un affreux étouffement. Revenant à la vie, j'ai perçu vaguement autour de moi un fantôme, des bruits de voix lointains, des choses inconsistantes de rêves, que je repoussais comme des images trompeuses. Mais les formes de ce songe se précisaient et m'environnaient, ces voix me retenaient, et je compris, peu à peu, que j'allais demeurer dans cette fantasmagorie.

Ce jour-là je m'étais absenté.

... « Les idées qui changent le monde viennent à pas de colombes. » Une idée raisonnable, nécessaire, et que tout appelait, pourquoi frappe-t-elle l'esprit si tard, comme en se trompant de direction, ou réveillée par accident ? C'est un mot entendu par hasard, qui m'a amené à cette détermination si sage. On parlait de Maresté qui écrit tant d'articles pour offrir tous les jours un excellent déjeuner à des gens qui viennent chez lui en maugréant, qui le débinent, et qui l'ennuient. Il ne songe pas à supprimer sa bonne table coûteuse, afin de vivre à son aise en travaillant moins.

J'ai pensé aussitôt que nous dépensions pour vivre à Paris beaucoup plus que mon traitement. Et Paris ne nous offre que ses pestilences. En réalité, Éva n'a jamais pu s'y accoutumer. Tous ses maux viennent de la ville. Ma situation chez Roussi ne peut plus s'améliorer, elle est même menacée. Nos garçons sont très mal élevés à la maison ; ils sentent leur pouvoir sur une mère fatiguée ; ils seront beaucoup mieux en pension. Nous pouvons vivre de petits revenus, à moindres frais et plus heureux, à la campagne.

... L'homme est déchu quand il ne sait plus goûter le loisir.

... Tolstoï dit : « La femme la plus pernicieuse est celle à laquelle nous sommes liés par les liens de l'habitude. » C'est exagéré. Il pensait à sa femme sans doute.

Tolstoï avait tort de se plaindre de sa femme, elle lui a rendu des services. Une femme est toujours utile à un romancier, même à un philosophe. Nietzsche bénissait

Xanthippe qui fut bienfaisante pour Socrate ; elle le forçait à rester dans la rue où il fit tant de trouvailles.

Une femme ne peut pas beaucoup nuire à un grand homme. Il porte en lui-même toute sa tragédie. Elle peut le gêner, l'agacer. Elle peut le tuer. C'est tout.

... Une belle découverte : le *Journal Intime* de Benjamin Constant. Je transcris :

« *J'ai lu mon roman à Boufflers. Cette lecture m'a prouvé que je ne devais pas mêler un autre épisode de femme à ce que j'ai déjà fait. Ellénore cesserait d'intéresser, et si le héros contractait des devoirs envers une autre et ne les remplissait pas, sa faiblesse deviendrait odieuse.* »

Dans la réalité, cet épisode existait et il était ce personnage odieux. Suivant la pente de son talent et le goût du temps, l'écrivain atténue la vérité ou bien il y ajoute. Marcel Proust ajoute beaucoup. Ce qui est difficile, ce n'est pas d'atteindre le but, mais de ne pas le dépasser. On l'a dit, je crois. Aujourd'hui on n'admire que le trait forcé.

... Je retourne à cette phrase fascinante du *Journal* de Benjamin Constant :

« *Je me mets à relire mon roman. Comme les impressions passent quand les situations changent ! Je ne saurais plus l'écrire aujourd'hui.* »

II

20 novembre.

Une matinée de gel a fait tomber les dernières feuilles. Dans le jardin, quelques fleurs jaunes subsistent : ravenelles, soucis, chrysanthèmes. Ciel bleu, soleil. Mais ce n'est plus le soleil d'été. Il ne pénètre pas la terre. Il s'étale plus haut, sans chaleur, inutile, radieux.

Enveloppé dans ma pèlerine, assis sur une pierre du jardin, je ne pense à rien, mais l'idée me vient pourtant que ce plaisir, cette sensation d'exister, cette permission de goûter un beau jour est un luxe singulier ; celui-là même que notre société interdit à tout le monde. Même l'artiste ne connaît plus ce loisir. Lui, surtout, ne s'appartient pas ; il a toujours une idée en tête.

... Relisant ces lignes, j'ai jeté les yeux sur les pages précédentes. On ne dirait pas que trois ans ont passé entre quelques phrases. C'est le même accent, le même homme qui semble écrire tout d'un trait, dans le même instant.

Quand on lit les deux volumes de la correspondance de Muller on n'a pas le sentiment d'une durée. Il faut se reporter aux dates pour concevoir que l'être d'aspect immuable qui écrivait ainsi, sur le même ton, avec la même âme, une lettre chaque semaine, était un enfant au début de l'ouvrage et un vieillard à la fin. C'est qu'il manque à ces lettres les signes extérieurs auxquels le romancier a recours pour suggérer la notion du temps.

Il suffirait que j'ajoute : « Lorsqu'il lisait le *Journal* de Benjamin Constant, le dimanche matin, il était à Paris dans son bureau tendu de rouge, la fenêtre ouverte sur une cour où piaffait un cheval dont on arrosait les jambes. Après une interruption de trois ans, il continua son journal. Il avait fait construire une maison à Épône, près de Paris. De la terrasse, on apercevait la Seine entre des bordures de peupliers... etc. Se regardant dans une glace qu'on venait de poser, il remarqua son visage, plus rose, encore enfantin, mais dont il ne reconnaissait pas bien les traits, comme s'il était souffrant. Il ne comprenait pas encore qu'il avait vieilli... etc. »

Il suffirait que j'écrive cela pour que les années viennent s'insérer dans le récit. Mais en moi-même aucun temps ne s'écoule.

... Vers quarante ans, l'homme perd son visage d'enfant. Les cheveux sont laids, le teint est triste, les yeux meurent. Plus tard, dépouillé, bien dessiné, expressif, il revêt sa belle figure de vieillard. C'est ce que je pensais en regardant des portraits d'Anatole France, de Bergson et de Clemenceau à des âges divers. Passé soixante ans, ils sont achevés et superbes. A trente ans, ils étaient ridicules.

... J'ai grand plaisir à voir ma maison, mais je ne sais pas encore qu'elle est à moi. Si on m'avait annoncé, il y a quelques années, qu'elle m'appartiendrait, j'aurais prouvé que cela n'était pas possible parce que je n'avais pas assez d'argent pour la payer. Et cependant la voilà. Les architectes font de ces miracles.

Nous intervenons un instant dans nos décisions, puis l'événement s'en empare et développe sous nos yeux une espèce de cataclysme qu'on appelle nos actes. Voilà bien ma maison et j'en suis à peu près l'auteur. Je l'ai voulue et je ne conçois pas encore ce qui m'est arrivé.

Peut-être que je l'aime tant parce qu'elle est une imprudence. Tout ce que je possédais, et même un peu plus, je l'ai mis dans ces murs. C'est ainsi qu'on aime une femme. Il faut jouer sa vie sur un seul amour qui est un grand risque du cœur.

Je me sens à la fois dangereusement pauvre et riche d'un bonheur inestimable.

... J'aurais préféré une maison paysanne améliorée, mais j'avais entendu si souvent Éva me décrire l'habitation de son rêve que j'ai voulu construire une maison à son goût. J'ai dessiné les plans sans la consulter, et, comme par enchantement, elle est entrée chez elle. Que cette maison me plaît !

Au début, j'étais inquiet, flairant les alentours, craignant la découverte du vice qui obligera de déloger. Éva fut tout de suite tranquille et à son aise dans sa nouvelle demeure. La femme est nomade ; du moins, elle se plie vite au changement. Pour se marier, n'a-t-elle pas tout quitté ?

Les vieux logis ont de petites fenêtres. C'est une erreur sous notre ciel. Il faut ouvrir de grands espaces vitrés à la lumière qui est justement si douce dans nos contrées. Il est vrai, on n'a pas encore trouvé le moyen d'empêcher le froid et le vent de pénétrer en même temps.

... Un objet, un meuble nouveau qu'on vient de mettre en place, d'abord inquiète ou ravit et accapare l'esprit. Une éraflure sur le mur désespère. Après des années, on ne voit plus ces détails qui plaisaient tant ou qui chagrinaient. Alors, on aime sa maison.

... Quand l'homme est rassasié, ce qui peut lui arriver de plus favorable, c'est la ruine ou tout ce qui lui ressemble, qui l'arrache à son milieu et le prive de ses relations, de ses commodités, de ses habitudes de penser. Alors, surgiront pour lui quantité d'agréments qu'il ne soupçonnait pas et qui sont les véritables biens de l'existence. Mais, pour les découvrir, il faut avoir tout abandonné, et par force, car c'est la nécessité qui nous les fait voir. Cet accident qui nous restitue le pouvoir d'aimer le meilleur dans la vie, prend quelquefois la forme d'une faillite, d'une guerre, d'une femme. Pour moi, à moindre frais, cette faveur m'a été consentie. Je sais tout le bonheur qu'on peut retirer d'un jardin.

... La jeunesse est grossière et misérable. Elle ne jouit de rien et détruit tout. La vie serait bien vide s'il n'était parfois permis d'atteindre le seuil de la vieillesse. J'ai eu la chance de connaître tard la joie de voir fleurir un rosier que j'ai planté.

Un bon repas, l'amitié, la santé, l'amour, la propriété sont les plaisirs du pauvre. Les riches ont d'autres satisfactions austères, abstraites, dangereuses. L'homme puissant, les grands réformateurs, les poètes de la finance et de l'industrie n'éprouvent plus guère que l'âpre allégresse des destructions et des transformations.

J'espère que, malgré l'irrésistible progrès, chacun pourra conserver encore un petit champ. Ce n'est pas du tout l'avarice qui attache l'homme à sa propriété, c'est un amour singulier et complexe. Il tient surtout à la peine que donne l'entretien d'un coin de terre. Oui, l'homme est ainsi fait que c'est là son bonheur. De même, dans la possession d'un cœur fidèle, il trouve un sentiment qui n'est pas ailleurs.

Dans mon jardin, tout est fugitif arôme et lueur d'un moment. Tout m'est dérobé et s'échappe ; j'obtiens difficilement quelques fleurs aussitôt éteintes. Les tulipes, les azalées, font un bref embrasement. Le rhododendron tient allumée quelques jours, dans son feuillage noir, une torche rose. A peine épanouies, ces belles flammes sont remplacées par des trognons enfumés. En vérité, on ne possède rien. C'est pour cela qu'on aime la vie.

... On a douté que des militaires fussent capables de faire la guerre. — Un jardin est certainement chose trop délicate pour être confiée à un jardinier. Si on n'a pas composé soi-même un massif, choisissant chaque fleur, il ne mérite pas d'être regardé. — On charge de ses plus graves intérêts un avocat qui n'a pas le temps de vous écouter, un médecin qui ne vous connaît pas.

Afin de se consacrer à sa propre tâche, il faut bien recourir à tout le monde, pour l'essentiel. Souvent, ce sont les autres qui ont choisi une femme pour vous. Ce n'est pas plus mal.

... C'est un art qui veut du loisir et un cœur pur que de goûter la vie. Tous les jours sont merveilleux en France, hors des villes. Il n'y a que de beaux nuages.

Je lis beaucoup en ce moment. On ne sait lire que tard, avec des yeux frais. Même les plaisirs de la nature seraient bien courts sans quelque science. L'histoire du busard est plus belle que son vol et c'est dans Kapteyn qu'on voit le ciel.

... J'aurai vécu hors de mon temps. Tout ce que j'entends dire sur les mœurs d'aujourd'hui, je ne l'ai pas vu.

... J'allais chaque semaine acheter un paquet de tabac au village. C'était un dérangement continuel et j'ai décidé d'acquérir plusieurs paquets à la fois, pour éviter cette course hebdomadaire. Mais si grande que soit ma provision, il faut encore retourner chez le marchand, et je ne sens pas de différence. Toute échéance est pour aujourd'hui, excepté la mort.

Pour aller au village, je traverse la route de Paris, noire entre les prés et balayée d'une trombe infernale. Je n'ai jamais pu m'habituer à traverser les voies modernes ; je demeure longtemps sur le bord, ébloui de crainte, puis jetant un regard partout, embrassant de mes yeux actifs tous les dangers, j'avise un passage libre où je m'aventure ayant tout bien considéré. Mais la voiture qui me tuera, je ne la verrai pas.

Quand on lit une chronique des siècles passés, où chacun supprimait si promptement son ennemi, on se demande comment purent subsister assez d'hommes pour permettre d'écrire une histoire de France. On sent alors combien nos campagnes et nos villes sont paisibles aujourd'hui. Nous ne connaissons pas nos privilèges.

Cependant on ne prend pas une automobile sans risquer la mort... Cette idée ne m'est pas venue tout de suite à l'esprit. Comme on voit

mal son temps, ses avantages, ses périls qui
paraîtront effroyables un peu plus tard !

... « Style si souvent chatouilleux et dissol-
vant, énervé, rosé et veiné de toutes les
teintes, d'une corruption délicieuse, tout asia-
tique, comme disaient nos maîtres, plus brisé
par place et plus amolli que le corps d'un
mime antique. » C'est Sainte-Beuve qui
apprécie en ces termes la langue de Balzac. Si
fort qu'on aime Balzac, en ce moment, on ne
goûte plus les voluptés de son style. La
nouveauté trompe. — Le palais de Versailles
apparaissait à Saint-Simon comme un monu-
ment affreux et absurde : il le regardait sous
le rapport de l'habitation. Nous le considérons
autrement et nous n'avons plus le même motif
d'être choqués. — On demandait à Frédéric II,
dans sa vieillesse, quels étaient les grands
écrivains d'Allemagne, il répondit : « Il n'y en
a pas. » Il oubliait Gœthe, car c'était la mode
en ce temps d'admirer la France. — On ne lit
pas du même œil le livre d'un ami dont la
personnalité vivante emplit nos yeux et l'ouvrage d'un inconnu ou d'un rival.

Le goût n'est jamais libre.

... Je suis heureux. Je me le dis souvent. Pourtant, j'éprouve quelquefois comme la sensation d'une peine. Je m'examine et il me semble alors que cette ombre vient d'Éva, mais, quand je pense à elle, je ne vois pas qu'elle me cause aucun chagrin.

... Il existe une femme qui me plaît complètement et davantage avec les années. Il m'a été permis de la rencontrer. Je sais tout ce qu'il y a de miraculeux dans un amour durable, mais je ne comprends pas que cet être extraordinaire, pourvu de tant de charmes à ma convenance et si bien fait pour donner le bonheur, n'ait pas aussi le pouvoir de le rendre parfait.

... J'ai marché au bord de la Seine par cette matinée de gel, entre des broussailles de cristaux. Les peupliers sur l'autre rive sont à peine dessinés d'un trait immatériel dans la brume. On devine le ciel bleu : les mouettes effleurent d'un vol blanc des fantômes d'arbres.

Ce paysage vaporeux où tout est silence,

pureté de givre, joie rose d'aurore, doit ressembler aux jardins du Paradis. — Les feuillages profonds aux grappes d'ombres et de soleil, la rose qui s'effeuille quand on la respire, les beaux soirs, sont des choses de la terre.

Les péniches glissent, portant d'étranges familles. L'homme emmitouflé s'appuie contre la barre, une femme descend dans une trappe. On jette un seau dans le fleuve ; il remonte au bout d'une corde, déversant dans ce parcours un peu de son eau.

Joli geste ! antique sans doute et si simple que les machines l'ont épargné. Je songe à cette ferme que Gœthe a visitée en France ; telle qu'il l'a décrite, telle nous la voyons encore dans toutes les campagnes. C'est le luxe qui change et que la mode bouscule. Je songe à ce style modeste et strict, qui seul conserve à travers les âges une pensée vive.

... Je lis souvent des vers à Éva. J'aime les beaux vers, bien qu'il y en ait toujours un de mauvais sur trois. Je lui lisais hier un poème de Gérard de Nerval qui ne signifie rien mais qui est charmant. J'ai remarqué qu'elle ne m'écoutait pas comme autrefois. Est-ce que le son de ma voix l'agaçait ?... Ou bien, ce n'était pas le moment de lire.

... Une femme intelligente et qu'on aime est un auditoire merveilleux. On ose tout dire. On peut parler de soi et on est toujours entendu. J'ai tant parlé à Éva dans ma vie que je n'ai rien gardé pour moi. Je n'ai pas envie de me recopier, et tout ce que j'aurais pu écrire, je l'ai dit.

Comme toute nuance est perceptible dans cette effrayante communauté de deux êtres ! Je ne retrouve plus chez Éva, lorsque nous causons, cette attention illuminée, cette façon de regarder, cette apparence en somme composée pour un autre et qui lui est consacrée ; je sens chez elle un relâchement de l'artifice inconscient ; elle est revenue à son naturel ; elle pourrait m'apparaître comme distraite et indifférente.

Ceci n'implique point un refroidissement dans son sentiment pour moi. Au contraire, il semble que je lui sois plus nécessaire qu'autrefois. Elle a constamment besoin de me parler, de me voir, et supporte mal que je reste seul dans une chambre.

A Paris, elle admettait les exigences de mon

métier, à condition que je rentre à l'instant où elle commençait à m'attendre. Ici, je lui dois ma présence tout le jour ; le temps que je passe à lire ou à me promener lui paraît injustement soustrait par des futilités. En réalité, elle prend peu d'intérêt à ce qui m'occupe. Pour tout dire, rien ne l'intéresse ; mais elle m'écoute. Elle m'écoute d'un air détaché, comme si l'essentiel de notre conversation ne tenait pas dans mes propos, mais au fait de ma présence.

A Paris, elle n'avait aucune distraction et elle s'en passait facilement. Ici, bien qu'apparemment rien n'ait changé dans sa vie, on dirait qu'elle éprouve comme une impression d'isolement, une tristesse, un sentiment de vide que j'ai pour mission de compenser en ne la quittant jamais.

... J'ai cru que les enfants lui manquaient. Non. On dirait qu'elle n'y pense plus. C'est moi qui en parle, c'est moi que leur absence gêne.

L'amour maternel est variable dans ses formes et soumis à l'usage. Peut-être que nous ne possédons aucun sentiment naturel. En Angleterre, les enfants sont de bonne heure

76

détachés des parents. A Tahiti, il est convenable de donner son enfant s'il fait envie au voisin. Pour ma part, je n'ai vraiment aimé mes fils que du jour où nous avons pu causer ensemble. Je sens que plus tard ils me seront indispensables.

Les sentiments varient avec chaque individu et si on n'avait pas de mots pour les nommer, on ne s'y reconnaîtrait plus. Ce que je pense de l'amour maternel, sur l'image que m'en donne Éva, ne vaut que pour elle.

Cette mère, qui aujourd'hui s'accommode si facilement de la suppression de ses enfants, a entouré leur berceau et leurs premiers pas d'une sorte d'extase. Elle les a vraiment portés des années, liée à eux par un regard éperdu, une conversation obscure, balbutiante, radieuse. Quand ils avaient un rhume, elle ne se couchait plus. Je n'existais pas.

Depuis qu'Éva est privée de nouveaux-nés et qu'elle ne peut plus étreindre ce qu'elle aime, on dirait que c'est à moi qu'elle réclame ce qu'elle trouvait dans les tout petits.

... Perpétuelle enfance de la femme : la grâce expansive, la mélancolie, le rire, la peur, les larmes, le cœur toujours avide.

J'observais Éva tantôt ; elle a encore les yeux d'une petite fille. Ses fièvres d'enthousiasme, sa sensibilité qui si souvent m'a fait mal, sa gaieté qui naît d'un mot, sa jeunesse m'étonnent et m'enchantent.

... Quand j'ai abandonné trop tôt une occupation pour rejoindre Éva, parce qu'elle m'appelle, j'ai envie d'exiger un motif sérieux qui justifie cette pénible interruption. Je voudrais lui montrer que son caprice est coupable.

Elle n'a rien à dire, mais dès que j'arrive, elle est à l'aise et contente. Est-ce pour une raison importante, est-ce pour parler qu'on est ensemble ? C'est tout naturel ! C'est ainsi qu'on doit vivre. Et la moindre nervosité, chez elle, me touche si fort, son pouvoir de m'attrister est tel, que je n'ai pas besoin de chercher d'excuses à mes sacrifices ; son humeur me récompense assez.

... Si je n'écrivais pas, il y a bien des choses dans ma vie dont je ne m'apercevrais point. Je les remarque, afin de les noter et, en les écrivant, je leur donne un relief qui les

78

déforme. Il faut y joindre une infinité d'explications qui les remettent à leur véritable place, et encore elles gardent trop d'importance. C'est qu'elles n'étaient pas faites pour être perçues. La brume qui nous dissimule une partie de nos propres mouvements et de nos pensées est utile. Si je dis que je me prive d'une promenade, que je m'efforce de rester aux abords de la maison, que j'écourte une lecture, ou, plutôt, que je ne lis plus rien et renonce à tout projet, parce que je ne dispose plus, dans un loisir complet, du temps indispensable au moindre travail, cela est bien exact ; mais ces faits ainsi énoncés produisent une impression d'horreur que je ne ressens pas en réalité. Éva ne peut supporter qu'un autre objet m'intéresse ou m'éloigne d'elle. Ce sentiment n'est pas aussi monstrueux qu'il le paraît. Quand toute notre vie plonge dans l'amour d'un seul être qui est notre nourriture, notre plaisir, notre paix, quelles limites raisonnables doit-on assigner à ce domaine ? Une femme sensée comprend toujours les restrictions imposées de l'extérieur, et par exemple les obligations d'un métier. Éva les admettait. Mais quand l'homme est libre et qu'il se crée des retraites personnelles, il est bien naturel que la femme s'inquiète de cette absence morale. D'ailleurs, je n'ai jamais surpris chez Éva une plainte ou une revendication positive. Elle ne se doute pas qu'elle me dérange. Les heures que je passe loin d'elle lui apparaissent comme un oubli de ma part, une inadvertance cruelle. Même, je ne crois pas qu'elle conçoive si nettement mes torts. Simplement, lorsque je suis auprès d'elle ou à sa portée, elle est tranquille et heureuse. N'a-t-elle pas raison de vouloir approfondir la perpétuelle intimité qui fond ensemble les vies inséparables, au point qu'il n'existe plus de démarche propre, d'intérêts divergents, de goût personnel ? La vieillesse qui vous trouve ainsi unis ne flétrit pas le visage toujours aimé. Auprès de ce miracle, qu'importe ce que je crois gagner en préservant ma liberté.

… Elle m'accable en toute innocence. Son innocence, c'est bien là ce qui nous perd. J'ai trop attendu, trop cédé, elle ne comprendrait plus mes reproches maintenant. Je paraîtrais brutal, fantasque, injuste. Je déterminerais une crise horrible, un cyclone.

... Le goût n'est jamais libre. J'ai connu un amateur qui collectionnait des estampes qu'il enfouissait dans des cartons pour les contempler seul. Celui-là savait ce qu'il aimait. Quels goûts et dégoûts nous appartiennent ? Combien sont légués ou venus de contagions ou acquis par intermédiaires ? Combien sont une rancune, une empreinte, une habitude, une maladie ? On aime ou on déteste un être parce qu'on vit trop près de lui ; à quelque distance, on le verrait autrement.

... Étienne vient d'arriver. Il a couru le monde pendant deux ans et en débarquant il a foncé sur nous. Le voyage, avec son courant d'air, met un grand intervalle dans la vie, au moment où l'on revient. Étienne ne se souvenait plus que nous nous étions quittés assez mal. Je l'ai retrouvé tel qu'il était il y a dix ans.

Certains froissements entre amis, d'apparence superficielle, pénètrent en secret : cette amitié ressemble aux grands malades qui ont bonne mine. Il y a des différends qui inquiètent, mais qui ne tiennent à rien, et un peu plus tard on ne les comprend plus. Il y a des blessures que l'on sent toujours, ou par intermittence, et d'autres qui ne laissent aucune trace. Le temps débrouille tout cela et vous apprend qui on aime.

... Je montre mes fleurs à Étienne. Mais il a vu tant de pays qu'il est distrait et mes delphiniums ne lui disent rien. Je crains que cette belle vallée adoucie d'un voile d'argent sur les peupliers ne lui paraisse grise. Il faut l'avoir beaucoup regardée pour l'aimer. Mais, après, on ne peut plus aimer autre chose.

... Étienne avait surtout envie de parler. Il a effleuré des mœurs différentes, beaucoup vu et ruisselait d'idées. Nous avons causé pendant trois jours. Voici l'essentiel des propos d'Étienne :

« Le trait distinctif du Français, c'est le sérieux. Il dédaigne le confort et les commodités pratiques, il goûte peu l'humour , il aime la famille. Il est sérieux. C'est l'homme le plus sérieux qui soit au monde. Il veut une femme, une seule, et qu'il aime, et qui ne soit pas une servante ou une simple relation mondaine maintenue à distance par la bonne éducation, comme cela se voit ailleurs, mais qui soit son égale, capable de le comprendre et de parler sur tout, et en rapport intime avec lui. Il prétend élever ses enfants, les aimer, les garder à la maison. Ces liens très étroits créent mille drames. Le Français aime la tragédie, les voies difficiles, les aspérités qui aiguisent l'esprit et déchirent le cœur. C'est un artiste.

» A Trondjanim, on divorce dans la paix, on ne connaît pas ses enfants. On n'a aucune idée des douleurs morales, des sentiments, des scrupules qui nous paraissent instinctifs. Quelques habitudes nouvelles ont suffi pour changer le cœur.

»`A Trondjanim, la vie est commode. On n'aime pas le drame. Seulement, un Français ne trouve personne à qui parler. On ne se comprend plus sur rien.

» On ne constate, en France, à peu près aucun changement notable dans les mœurs depuis le moyen âge, sauf une modification assez profonde touchant l'amour et qui est récente ; jadis la femme ne concevait l'amour que sous les traits de l'amant. Le mariage était l'ennemi de l'amour. Au beau temps des passions, dans ce moyen âge qui a inventé l'amour, lorsqu'une femme épousait son amant, elle devait en prendre un nouveau pour ne pas avilir son sentiment.

» Aujourd'hui, une femme de qualité et de tempérament réellement passionné s'accommode très mal d'un amant. Elle le tolère par nécessité, par hasard, mais elle en souffre ; elle sent combien ces rapports incomplets sont indignes d'un véritable amour. Elle veut épouser l'homme qu'elle aime. C'est dans le plein jour, l'aisance, la légalité du mariage que se déploie tout le cœur d'une amoureuse.

» C'est le divorce qui a produit ce changement dans nos mœurs ; il a terriblement resserré le lien des époux en permettant les unions selon le cœur. »

... Je remarque une observation d'Étienne qui révèle chez lui une façon nouvelle de juger l'amour. Il a dû aimer en chemin :

« Ce pouvoir effrayant que le mariage confère à la femme en lui permettant d'user des armes du foyer en faveur d'une nature insatiable, est souvent moins dangereux aux mains d'une amoureuse. Elle est capable de sacrifice, même de raison et de retenue. Elle peut vaincre son instinct d'absorption pour sauver l'homme qu'elle aime. »

... L'homme ne connaît l'amour que dans les privations. C'est une œuvre de l'esprit qui a ses lois. De même, il a inventé des règles qui sont la poésie. Trop libre, inconstant, voltigeant, il ne peut plus attraper que de courts plaisirs, à moins que la jalousie ne l'attache à une femme qu'il n'aime plus.

... Souvent je me pose cette étrange question : « Suis-je heureux ou malheureux auprès d'Éva ? » Il me semble qu'il suffirait de dissiper une ombre, de dénouer un fil, de souffler sur une poussière pour que notre bonheur fût délicieux. C'est un rien, qui vicie tout et que je ne puis définir.

J'attends un miracle. Il existe des sorciers, des drogues, des croyances qui transfigurent un être subitement.

Mais ces charmes n'agissent que sur l'individu isolé. Si vous êtes lié à un autre être, tous les pouvoirs lui appartiennent. Il est maître de votre santé et de votre âme. Vous êtes sauvé ou perdu par lui.

... Ce ne serait rien de sacrifier sa vie pour une femme, si elle s'en apercevait.

... Cet état de tristesse, de malaise, de nervosité où je vois Éva et qui me surpasse, je sens que ma seule présence peut y remédier ; ce n'est pas elle maintenant qui me réclame, c'est moi qui accours sans cesse avec l'espoir de la guérir.

J'écoute longtemps, avec un air d'approuver, ce langage faux, j'attends, sans montrer d'ennui ou d'irritation, que les puérilités qui embarrassaient son cerveau soient épanchées et que l'heure vienne enfin où sa raison éclaircie admettra un propos sensé. Cette discipline, ce silence, ce mensonge imposés à tout mon être devant une femme que j'aime, ce rôle d'éducateur patient et hypocrite, fatiguent et usent.

Ma présence est à la fois son remède et son mal. Elle y puise ce qui lui nuit et la soulage. Je ne sais plus si je dois rester ou partir.

Parfois sa nervosité me gagne. Je n'ai pu réprimer un mouvement d'impatience, éviter un mot, un faux pas aux retentissements terribles. Aussitôt, elle se saisit de l'avantage. Elle me démontre que je suis négligent, sans cœur, brutal. Je vois mes torts, j'ai peine à me justifier. Il faut expliquer ce geste, cette absence, ce retour, cette allusion ; il faut prouver que mon amour est intact.

Mes raisons ne la touchent point. C'est la durée de l'explication qui compte. En parlant beaucoup, j'atteindrai ce moment où tout est dissipé.

... Je ne serai point consolé, même par une peinture exacte de ma peine (par le plaisir de décrire un objet bien saisissable), tant qu'elle subsiste sous la forme d'une femme vivant à mon côté et dont j'ignore si elle est mon bonheur ou ma perdition.

... Un durcissement intime, un froid qui ressemble à la vieillesse, je ne sais quoi de rassasié, se traduit chez moi par un ricanement devant la vie. Il me reste un seul point de sensibilité et il touche au sombre tracas qui me vient d'Éva. Je suis tombé dans cet abaissement où l'homme se plaint de l'existence.

Pourtant, nul échec, nulle infortune, aucun malheur que j'aurais pu concevoir, ni la maladie, ni l'extrême pauvreté, ni le délaissement ou l'injustice ne m'eussent troublé l'esprit et arraché une plainte contre la vie souveraine. Et je les aurais acceptés sans ruses, sans même recourir à cette imposture qu'on nomme l'humilité.

... Éva retombe à ses bizarreries en suivant un tour de pensée qui ressemble à une leçon apprise. On dirait une habitude devenue mécanique et chaque fois plus profonde qui l'entraîne sans qu'elle tente même de s'en dégager. Elle semble croire que tout effort de sa part est inutile, et qu'il est bon que je souffre et demeure constamment occupé d'un état désolant dont je suis l'auteur.

... Hier, Éva a lu ce cahier. Il était dans un tiroir et elle pouvait le prendre. Je ne pensais pas que l'idée lui viendrait de l'ouvrir. Il ne contient rien de blessant pour elle, du moins je le croyais, mais il ne lui était pas destiné. Cette lecture fut pour elle une découverte épouvantable, un saisissement, un choc dont elle n'est pas remise. Elle n'écoute pas mes explications, car nous ne parlons pas du même texte. Elle prétend que je la représente sous des traits qui n'ont aucun rapport avec la réalité. Je décris un être odieux où elle ne peut se reconnaître. Par contre, j'ai révélé ma personnalité véritable. Il ressort clairement de ces notes que je déteste la femme.

... La femme que je vois, Éva la rejette comme une abominable déformation de sa personne, et, dans le personnage que je suis, et que je crois connaître assez bien, elle distingue, à travers ce cahier, un être que je n'admets pas. C'est un conflit de fantômes, un interminable débat dans une langue inintelligible.

Je m'explique ce désaccord. Il ne faut pas conclure si vite qu'on ne sait rien de soi, ni des autres. La vérité, c'est qu'Éva a eu tort de lire des phrases qui la concernaient, mais qui n'étaient pas faites pour ses yeux. Elle n'a pas pu voir ce que j'ai écrit. D'ordinaire nous entendons des réflexions sur nous, apprêtées et adaptées à nos sens. Si tout d'un coup nos oreilles s'ouvraient aux conversations que tiennent sur nous des amis ou des indifférents, le simple ton des voix nous transpercerait. Cela ne veut pas dire que dans ces conversations les gens soient plus sincères (au contraire, c'est peut-être lorsqu'ils s'adressent à nous, que leur véritable sentiment se manifeste). Cela signifie, bonnement, que ce langage n'est pas fait pour nous.

... Éva m'épie. Elle veut m'empêcher d'écrire. Elle ne supporte pas que je puisse ajouter un trait nouveau à tant de fausseté. Il faudra que je renonce à ces notes, ou que j'emploie de difficiles subterfuges. Si je pensais qu'un sacrifice solennel, par exemple la destruction de ce cahier, pourrait la soulager, je m'y résoudrais volontiers. Mais cela ne changerait rien. Elle ne croirait pas que c'est un sacrifice.

... Ce matin Éva m'a dit : « Je vais te confier un secret dont l'aveu me coûte et que j'aurais voulu taire plus longtemps. Mais je veux te montrer comme on se trompe sur les êtres. Tu as remarqué que j'étais souffrante et triste. La cause de ma nervosité t'a échappé, parce que j'ai tâché de la vaincre. Au moins, je suis parvenue à la cacher. La voici : je ne peux m'accoutumer à vivre ici. Je n'aimais pas beaucoup Paris, mais à la ville j'avais oublié la campagne et les saisons. Ici, j'ai trouvé une espèce de dérision du seul pays où j'ai eu plaisir à vivre. Je ne peux respirer que l'air natal. Quand nous avons quitté Paris pour ta santé, j'aurais voulu retourner en Suisse. J'ai compris que tu désirais te fixer ici. J'ai cru que ce sacrifice me serait possible. Il ne faut pas se charger d'un devoir qui nous dépasse ; tout le monde en pâtit. On le sait trop tard. Maintenant, je t'ai avoué ma faiblesse ; il me semble que je supporterai mieux l'exil. »

J'ai entendu, comme en un songe, ces paroles foudroyantes. J'ai tâché de lui prouver que nous étions venus ici pour elle. Lorsqu'on n'est pas d'accord, par avance, il est vain de chercher à convaincre. On ne vous écoute que par complaisance.

Aussitôt, j'ai regardé dans mon cahier. Je pensais y trouver ma justification. Mais j'ai omis de noter la seule réflexion qui aurait pu me servir aujourd'hui. On n'a aucun discernement quand il s'agit de l'avenir. On jette au panier une lettre insignifiante : c'est d'elle que dépendra le succès d'un procès.

Pour moi, je n'ai pas besoin de référence. Je sais pourquoi j'ai abandonné une situation qui me plaisait, pour qui j'ai fait construire ici une maison dispendieuse qui m'a ruiné.

... Voici trois mois qu'Éva m'a confié son secret. Depuis ce jour, elle est courageuse et raisonnable. Mais je ne vois que son effort.

Même sa gaieté m'afflige. Il me semble qu'elle me donne trop. Je ne peux plus aimer un endroit qui lui est funeste. Je me dis que s'il existait un lieu au monde où elle serait complètement heureuse, aucune raison ne m'empêcherait d'y courir.

... Je croyais que j'aimais ce pays et surtout notre maison. Sans doute, je n'aimais qu'Éva. Cette maison avait un sens, tant que j'ai pensé qu'elle était bâtie pour elle. Cet été, je ne me suis pas promené dans le jardin, comme naguère, regardant les fleurs et récoltant des graines. Je sentais une sorte de malentendu dans toutes ces roses.

... J'ai une particularité du caractère bien étrange dans ma condition d'homme : je ne peux goûter que les choses qui me semblent éternelles. Quand j'ai cherché un emplacement pour notre maison, je n'ai pas choisi le plus joli site. Je voulais être sûr qu'on ne gâterait pas les environs. Plutôt qu'un beau paysage menacé, j'aimerais mieux voir de ma fenêtre une route et le ciel, qui ne changeront pas.

Je suis détaché d'Épône depuis le moment où je sais que nous n'y vivrons pas toujours.

... Un projet peut sembler d'abord éloigné de nous par des obstacles qui le rendent irréalisable. Il suffit d'y penser. Bientôt la voie sera frayée. J'ai peur des idées. Elles ont le pouvoir de tout créer.

... Cette fois, je n'omettrai pas l'essentiel et je consigne ici notre dernière conversation. J'ai dit à Éva que j'étais disposé à partir pour la Suisse, si elle le désirait, et j'ai exposé tous les inconvénients : il faudra vendre cette maison, faite pour nous, et qui ne plaira à personne ; on n'en retirera à peu près rien. En traversant la frontière, notre maigre avoir fondra. Nous serons réellement pauvres, et pour vivre je devrai accepter un emploi misérable : on ne recommence pas une carrière à mon âge. J'ai écrit à nos amis de Lausanne. Je pourrai compter en automne sur un poste de caissier, dans une petite fabrique, à Montcorget.

III

Ce chalet est exigu, mais on y est à l'aise. Avant d'être si dépourvu, je ne pensais pas que tant de choses nécessaires sont un embarras. La richesse et le dénuement procurent à peu près les mêmes satisfactions. L'homme n'a pas une grande capacité de jouissance ; il est content de peu et goûte mieux son plaisir quand il est rare. C'est dans la pauvreté que je suis devenu épicurien.

Un poêle de faïence, inséré dans la cloison, chauffe à la fois les deux pièces de notre chalet. Je le remplis au petit jour avec trois bûches que j'ai sciées dans le vent glacé. Notre chambre, entre ses parois de sapin, est parfumée d'une chaleur de braises odorantes, douce, animale, vivante, que j'ignorais et qui rend l'hiver délicieux.

Éva fait le ménage avec entrain. Le souci

d'une maison est toujours accablant pour une femme. Les domestiques sont la plus lourde charge. On est tout allégé quand on s'en passe. Alfred de Vigny, qui écrivait souvent à son notaire, lui disait que s'il avait prévu tant de procès, il aurait choisi l'état de notaire.

Depuis que nous habitons Montcorget, je revois constamment mes années de captivité au camp de Crivitz dans cette plaine du Mecklembourg où rien ne me rappelait mon pays, sauf les chats et le bruit du train.

Ce furent des années singulières, qui m'ont beaucoup appris sur l'homme, peut-être tout ce que j'en sais. Je retrouve en y pensant, parmi tant de valeurs renversées, ce goût nouveau qu'avait alors un livre, un repas, une amitié, et cette image de la mort sans apparat, simple, humaine, facile. Dans la bagarre, où l'on ne savait plus exactement ce qu'on avait gagné ou perdu, quel étrange retour à une existence primitive !

Nous allons vers un avenir que nous ne voyons pas du tout et qui ressemblera à une déroute. Déjà le faste se désagrège. On ne s'avise pas encore de tout ce qui est soustrait au riche et conquis par d'autres, aplani. L'homme, moins opprimé, n'obtiendra, dans le partage, que ces maigres biens qu'il faut savoir aimer d'une âme candide.

... A sept heures, je rentre dans notre chaumière exquise, pour en ressortir aussitôt avec un petit récipient sous ma pèlerine. Je vais chercher du lait dans une ferme. Chaque soir, je monte par une route amicale dans le vent froid, dans la nuit où l'on distingue les champs blafards sous la neige, les bois plus noirs que toute ombre, la petite lueur jaune d'une croisée basse.

Ils dînent, quand je pousse la porte. Sur la table éclairée d'une lampe suspendue, il y a des bols de café au lait, des pommes de terre givrées de sel, des confitures. Je m'assieds un moment dans la pièce chaude qui touche à l'étable, puis je salue toute la famille, et, de nouveau, le vent gonfle ma pèlerine et me glace les oreilles, la nuit m'aveugle, ou bien la lune illumine un monde blanc et mort.

Je tiens mon fardeau avec précaution, un peu éloigné de mes jambes, tandis que je redescends la route, parfois courant, ou plein de retenue sur la neige durcie. Alors, je ne sais plus quel est mon âge, ni ce que fut ma vie que les tournants ont brouillée, ni exactement qui je suis.

Mais, dès que j'approche de la maison où je vais retrouver Éva, je reconnais en moi cette hâte, cette voix du cœur, qui, à travers tant d'années, a toujours été pareille.

On doute de la constance du cœur. On croit à certains moments qu'on aime moins. On se demande même s'il n'y a pas eu quelquefois des interruptions du sentiment. Si on aime encore, on n'a jamais cessé d'aimer.

... Je regardais Éva en partant. J'ai eu envie de revenir sur mes pas et de la voir encore. Ce n'est pas le temps, la satiété, ni aucune lassitude qu'il faut craindre dans l'amour. Je redoute surtout cette impression de sécurité, cet état de distraction que donne le bonheur. On oublie que cet être charmant est passager. On en jouit à peine, comme d'un été qui reviendra, laissant perdre tant de beaux jours.

... Je n'avais point prévu, chez Éva, cette vive personne levée tôt, bien portante, amusée de sa misère, travaillant comme une paysanne sans abîmer ses doigts d'enfant. Tout l'en-

chante, la neige et le printemps, le bruit de la
fontaine, les cloisons de sapin, et ce grand
pays vert qu'on voit de la fenêtre, sous l'arc
d'une branche de noyer.

Un lit remplit à peu près notre chambre et il
a bien fallu le partager. Elle en a été contente.
Elle aura connu tard les plaisirs promis aux
jeunes époux. Le corps d'une femme est un
secret bien gardé et une longue histoire.

... Cette aptitude à se plier à des conditions
nouvelles et pénibles que je constate chez
Éva, est un signe d'éducation et de haute
naissance. L'éducation se ramène à un exer-
cice d'assouplissement : on impose à l'enfant
un maintien naturel dans une posture incommode. Les fils du peuple sont élevés dans
l'aisance. Ils ne connaissent pas cette
contrainte dans les gestes, cette discipline
intérieure, cette fière hypocrisie, qui est
d'essence bourgeoise. L'éminente qualité du
bourgeois, c'est le courage

Je ne peux songer au « peuple » sans voir
le camp de Crivitz et un monde plein de
contradictions : des hommes incultes, d'une
endurance singulière, cependant douillets et
rechignants ; d'autres candides et retors, sans

cesse bouleversés de courtes passions qui ne mènent à rien, les moins réalistes, tout pétris de chimères et de fables, et pourtant les plus matériels ; j'ajouterai : bons cœurs, ennemis de tout étranger.

Ce mot « peuple » a un sens bien différent selon les nations et les contrées. Il n'y a aucun rapport entre un paysan du Mecklembourg, tout près de ses bêtes, et un ouvrier de Paris ou un paysan de Saintonge. En France, les révolutions sont accomplies ; la dernière fut invisible. Un instant encore et tout sera nivelé.

... Éva, qui avait pris ce cahier en aversion, ne s'en soucie plus. Elle a complètement oublié son horreur pour mes notes. J'aurais pu écrire tout à mon aise cette année.

J'écris peu. Quand on prélève ses réflexions sur le présent, la matière est infinie. On ne s'arrêterait plus d'écrire. Il faut choisir. On repousse tout. Comment reconnaître, sur-le-champ, la pensée qui mérite d'être retenue et distinguer, de l'impression fugace, le sentiment qui va s'intégrer à notre esprit ? Je ne crois pas que nous puissions même nous apercevoir tout de suite des événements de notre vie. Nous saurons plus tard ce qui nous a touché. Un écrivain qui voudrait susciter des expériences pour ses œuvres ne recueillerait rien. On n'est pas maître de son expérience.

... Nos rêves sont moins beaux que nous ne le croyons. Il me vient en dormant des idées admirables. Quand j'ouvre les yeux, avec le sentiment d'avoir conçu une merveille, parfois je me rappelle exactement la pensée qui m'enchantait. Au jour, elle est médiocre et je ne daignerais pas la transcrire. Cette nuit, c'est d'Éva que j'ai rêvé. Elle était auprès de moi, telle qu'elle est tous les jours, mais cette image m'a laissé toute la matinée une impression délicieuse que la vie ne donne pas. Pourquoi ? C'était la même femme.

... Un roman n'est jamais une peinture des mœurs. L'auteur ne connaît pas les hommes. Le lecteur non plus. On peut lui raconter ce qu'on voudra. La vérité n'intéresse personne.

On ne trouve pas davantage dans les romans un juste portrait de l'homme. Si on veut l'étudier, il faut chercher ailleurs des témoignages plus sûrs.

En réalité, l'art touche en nous un sentiment si secret qu'il ne semble pas exactement

103

humain. Cela explique l'immense part attri-
buée dans l'art à l'expression de la douleur, et
comment on peut se plaire au spectacle de la
tragédie, tandis que dans la vie chacun se
montre si habile à fuir la souffrance.

Il ne faut pas du tout juger l'homme sur ses
écrits désespérés. En fait, la vie est assez
plate et nous sommes tous à peu près heureux,
sauf quelques malades. Le bonheur est formé
d'éléments ordinaires, très répandus, et si
l'homme fait souvent pitié ce n'est point parce
qu'il est malheureux. Sans doute, il est exposé
aux accidents. S'il n'est pas trop mal né, il
supporte la malchance éphémère.

C'est une belle chance que d'aimer sa
femme. Dans une femme, c'est vraiment la vie
qu'on aime. Que de choses n'existeraient plus
pour moi, si je perdais Éva ! Ce bonheur
discret, qu'on ne pourrait décrire tant la
substance en est légère et mélangée aux
moindres objets, n'est pas si rare. Je l'ai
reconnu chez beaucoup de mes semblables. Je
n'ai vu pleurer que ceux qui l'avaient perdu
et, quelquefois, ils se consolaient.

... L'âge, le caractère, parfois des nécessi-
tés pratiques, éloignent de nous nos enfants.

Souvent il est bon pour eux de grandir ailleurs. Ils ont la nostalgie du départ ou celle de la famille, selon le lieu où s'est passée leur enfance. Pour moi, qui suis privé de mes fils, ils me manquent constamment. Il y a des peines qu'on tient à distance de son cœur. On s'est tu sur elles, jusqu'à n'y plus penser. Personne ne les a remarquées, sauf, peut-être, un étranger. — J'ai un métier fastidieux. — Autrefois, les rares moments que je passais avec Étienne étaient ma meilleure joie. Nous voilà séparés pour des années. En pensant à lui je découvre chez moi un monde à l'abandon, interdit à tout autre et qui est ma solitude.

En somme, il s'en faudrait de peu que je ne m'aperçoive de ma tristesse. Mais elle n'affleure pas à ma conscience ; elle demeure inoffensive, enfouie et toute recouverte par une impression de bonheur qui baigne ma vie. Sans Éva, je serais un malheureux.

... Il y a bien longtemps que je n'ai écrit à Étienne. Chaque jour, presque, je veux lui dire une réflexion qui m'est venue, ou lui raconter un événement qui me touche. Mais j'attends un peu et, avant que je n'aie écrit, les circonstances ont changé, la pensée que je désirais tant lui dire s'est perdue ou n'a plus de sens pour moi. En laissant passer la vie, on s'aperçoit que toutes les lettres qu'on a voulu écrire étaient inutiles. Je songeais à cela, et à je ne sais quoi encore, ce matin, en regardant une photographie d'Étienne que j'ai trouvée dans des papiers. Il est très jeune sur cette image, trop jeune ; ce portrait ne me rappelle rien.

... Hier, à Lausanne, sortant de la librairie Payot, au moment de descendre du trottoir pour aller vers la poste, j'ai vu à mon côté un homme d'aspect jeune, dont le regard bleu, singulièrement froid, souriait en se fixant sur moi. Il me tendit la main. Cette physionomie m'était familière, mais je ne pouvais lui donner un nom. Ensemble, nous traversâmes la place. Lorsque je le regardais, j'avais l'impression de connaître cet homme. Cependant, il restait à mes yeux comme vide et flottant dans l'infini. Je parlais à un fantôme. Tout à coup, son nom jaillit dans mon esprit : « Germain », et, aussitôt, il s'incarna dans un être déterminé, consistant, plein de vie et de personnalité. C'était tout simplement un médecin de Lausanne qui vient quelquefois à Montcorget et qui a soigné Éva.

... Mes occupations, si ennuyeuses, me rappellent mon emploi au camp de Crivitz. Prisonnier de guerre, je ne trouvais pas indigne d'être postier. Sous les menaces de la mort, la vie a tant de saveur que toutes les tâches sont égales. Elles signifient qu'on existe. On paye son existence par beaucoup de zèle. De même aujourd'hui. La pauvreté change toutes les valeurs.

A Paris, lorsque j'étais chez Roussi, je ne m'apercevais pas de mes occupations parce que je les aimais. Ainsi l'artiste prend tant de plaisir à son travail qu'il croit rêver.

Pourtant, j'ai conservé de mes années parisiennes le souvenir d'une grande fatigue. Il devient difficile, avec le progrès des communications, d'atteindre les gens. Jadis, quand une lettre arrivait par la diligence, j'imagine qu'on la remarquait. Maintenant, on est trop facilement interpellé de tous côtés. On se fait une carapace d'absence et d'inertie. C'est une affaire que d'obtenir une réponse.

Parfois, je rentre à Montcorget, avec un mécanicien des chemins de fer, dont la conversation est ravissante. Pendant la grève il a été voir sa machine. Il craignait qu'elle ne souffrît de son immobilité, car il l'aime. Cet homme, toujours exposé aux flammes, au froid et à la mort, offre sa vie en un beau sacrifice, peu récompensé. Il ne s'en doute pas, son métier lui plaît.

Cet homme a une grandeur pleine de mystère. Tout simplement, c'est un homme.

... L'iniquité sociale ne tient pas à la pauvreté et à la richesse. Ce qui blesse, c'est de voir des hommes qui conservent et transmettent, faute de ressources, un esprit inculte, puéril et hagard. Pour ceux-là, justement, la misère est implacable : ils n'ont pas eu les moyens d'apprendre à aimer ce qui ne coûte rien. Lorsqu'on atteint, une fois, certain niveau social, c'est-à-dire certain affinement intellectuel, on ne pâtit plus des accidents de la fortune. On appartient, à jamais, à cette classe privilégiée où les signes extérieurs de la réussite ne comptent guère.

Ainsi, il a suffi que Germain, le médecin de Lausanne, passât quelquefois dans ce village pour reconnaître en nous, malgré notre

pauvre apparence, des gens de son espèce. Il
vient souvent nous voir.

... Le docteur Germain était l'étudiant
qu'Éva croisait jadis pendant les promenades
familiales sur la place de Lausanne et dont
elle fut amoureuse quelque temps. Il ne s'en
doute pas, certainement. Éva voudrait écarter
le souvenir de cette passion puérile. Elle ne
m'aurait pas dit, je crois, que Germain était le
jeune homme dont elle m'avait parlé, si je ne
l'eusse deviné. A quel signe ai-je pu le
reconnaître ?

A mes questions, Éva a répondu avec
sincérité. Une personne de nature franche,
comme Éva, n'a pas recours au mensonge.
Pour elle, le mensonge n'est jamais une voie
commode qui permet de sortir sans dommage
d'un mauvais pas. Il est l'embarras le plus
gênant, un poids insupportable pour l'esprit.

... Éva conserve une grande idée de son
père ; elle en parle comme d'un homme
admirable qu'elle a vénéré et adoré. J'ai connu
son père et je sais qu'elle se trompe. C'était un
homme médiocre et bizarre, impitoyable, et

qui a écrasé sa famille pour s'assurer une tranquillité dont il n'a rien fait. Éva a été opprimée par lui durant sa malheureuse enfance, mais elle ne s'en souvient plus. Si je lui représentais les véritables traits de son père, elle ne le reconnaîtrait pas et elle me jugerait inique.

La femme respecte la force, même vide. Elle sait apprécier les qualités d'un homme qu'elle aime. Mais les mérites spirituels ne lui imposent pas, si elle n'est, auparavant, dominée par l'amour. L'admiration d'Éva pour son père tient à cette idée : « C'était un homme fort. »

... Deux fois, ici, j'ai vu le printemps. J'en ai connu beaucoup et ce n'était jamais le même. Il m'a toujours surpris, comme si, chaque année, il touchait en moi un être différent, et qui, pourtant, ressent de pareille façon la nouveauté perpétuelle des choses.

L'année passée j'étais endormi dans l'hiver, occupé à je ne sais quoi, et quand j'ai ouvert les yeux, c'était l'été. Cette année j'ai vu venir le printemps sur l'herbe jaune, marbrée de vert, quand les chats commencent à s'avancer dans les prés, à pas de fauve, pour guetter les premières bestioles. Alors, dans le soleil matinal, on voit le pasteur en chemise de nuit, avec un vieux pantalon, bêcher son jardin ; et l'eau coule de la fontaine en un jet brillant, sous le poirier qui va fleurir. Ce printemps tardif a bondi dans les branches et dans les prés. Déjà, voici le bleu chaud, la lumière qui éblouit, et dans la prairie ensoleillée je retrouve sous un arbre ce ton oublié de sombre velours où l'ombre dort.

... J'ai conduit Éva à l'église. Au retour, passant devant le temple, je l'ai quittée pour aller entendre prêcher le pasteur qui vient de perdre son fils. Il exhortait ces paysans, sans qu'on pût s'apercevoir de sa douleur, mais elle donnait à ses paroles de gratitude pour la bonté divine un bel accent. L'homme se surpasse, quand il est écouté. C'est pour les autres qu'il a inventé ce qu'il y a de plus grand.

Dehors, sortant de cette salle froide, je fus étourdi par le jour éclatant, la campagne en fleurs, les eaux joyeuses. Étrange monde que voilà, dont on ne sait si le dernier mot est la vie ou la mort ! Monde atroce, quand on l'examine, plein de cruauté, de gaspillages et de redites, avec des détails ingénieux, et qui n'a vraiment réussi que la beauté ! Pauvre monde, si l'homme n'existait pas ! Et pourtant aucune parole d'homme ne peut m'éclairer sur mon destin, car j'appartiens à cet univers.

Alors, je fis une courte prière, qui me suffit. Souvent j'en ai éprouvé l'efficace et subtile douceur : « O monde ! je veux ce que tu veux. »

... Je sens bien qu'Éva me juge un esprit positif, éloigné de sa foi... Elle ne se doute pas de ce que je vois au ras de la terre... Ce sont là des choses ineffables.

Ce n'est pas le sentiment, pourtant si vif, chez Éva, qui exalte ses croyances religieuses. C'est la raison. Elle déplore que je sois aveugle devant l'évidence ; elle ne me reproche pas de manquer de sensibilité et d'élévation, mais d'être sot.

... Il y a des gens que j'ai envie de connaître tout de suite. Je devine qu'ils me plairont. L'apparence trompe rarement. Quand on a quelque distinction dans l'esprit, cela saute aux yeux. Les médiocres finissent aussi par intéresser, mais il faut du temps.

J'aurais plaisir à connaître les nouveaux habitants de Belle-Vue. Éva m'interdit de leur parler. Il paraît qu'on a des doutes sur leur mariage et que nos principes religieux ne nous permettent pas de les voir. Ces mêmes principes ne s'opposaient pas à ce que nous rendions visite à Gabrielle qui a lentement assassiné son mari par des procédés tout moraux et dont personne n'a eu vent. Je n'aime pas voir concorder si bien les avantages mondains, de vulgaires intérêts sociaux avec les scrupules religieux. Un dogme étrange ne me choque pas. Au contraire, je voudrais que ma religion déconcertât toujours ma faible raison humaine. « Je ne suis pas de ce monde », c'est une parole du Christ qui s'est perdue.

... L'homme est libre de penser ce qui lui plaît ; il est capable de peupler de ses imaginations un avenir infini et même son existence ; il est enclin aux hallucinations et facilement dupé par ses propres gestes. Comment est-il demeuré, en somme, si raisonnable ?

La plupart ont établi leur vie sur le bon sens. Mais certains, jusqu'à l'extrême vieillesse, jusqu'à leur mort même, qui ne ressemble à nulle autre, ont tissé à leurs jours une féerie absurde et chatoyante, qui semblait en péril au premier souffle. Mais elle s'est révélée, à l'épreuve, résistante et souple. Assurément, la vie tolère et peut-être favorise des forces très éloignées de ce que nous croyons sage.

... Germain a un bon jugement littéraire. Je lui ai donné un livre que j'aime et qui lui a déplu. Je me suis dit que cela n'avait aucune conséquence. Il n'aime pas ce livre, voilà tout. Qu'à tel ou tel un livre plaise ou ne plaise pas, peu importe ; le livre demeure ce qu'il est. Et pourtant, ce qu'il sera un jour dépendra de tel et tel.

... Je n'ai été que deux fois à Lausanne cette année. Il est rare qu'un livre nouveau me parvienne dans mon village, mais ce que je lis me touche bien. Il en était de même à Crivitz. Un livre qu'on lisait au camp contenait des beautés que je n'ai plus retrouvées depuis.

A Paris, c'est un mauvais éclairage, uniforme et cru, qui empêche de lire. On voit tout sur le même plan. La lumière de Paris, plus que les siècles, ronge et détruit.

Je me demande pourquoi ce livre, et non pas un autre, m'est tombé sous la main, à Montcorget. Ce n'est pas sa valeur uniquement, ni la volonté de personne qui l'ont poussé jusqu'ici. Combien d'autres, par hasard, n'existeront pas pour moi ? Qui sait pourtant ce que j'aurais trouvé dans celui qui s'est perdu ? Si tout ce qui m'est destiné me parvenait, je serais peut-être un autre homme.

... Il était si naturel qu'Éva souffrît de notre pauvreté dans ce village qu'en la voyant heureuse je n'ai pu croire à une feinte. Son attitude à mon égard (par exemple son indifférence pour ce journal qui naguère l'exaspérait), cette espèce d'éloignement tranquille de ma personne, son air de sérénité et de force m'apparaissaient comme les signes de la guérison.

Je me trompais. Elle avait seulement la volonté de supporter dignement une épreuve très dure. Un mot de dépit lancé par surprise m'a renseigné. Notre situation si humble lui est pénible. Elle y voit comme un échec, une espèce de ruine de notre mariage, la marque de mon incapacité.

Je pouvais répondre que cette existence à laquelle nous sommes réduits, dans ce village étranger, m'a été imposée par elle. Si Éva n'avait apporté tant d'entraves dans ma vie et si je n'avais eu la faiblesse de toujours lui complaire, je ne serais pas tombé si bas.

Je n'ai rien dit parce qu'elle ne m'aurait pas compris et que j'aurais ouvert en vain un débat inextricable. Et puis, j'ai des doutes maintenant sur mes propres raisons.

... Je crois noter ici mes réflexions du jour, mais la pensée qui me vient en écrivant est, à mon insu, souvent fort ancienne. C'est la pleine conscience et l'expression seulement d'une idée qui se forme sur le papier. Si je n'écris rien depuis plusieurs mois, c'est à cause d'un sentiment que je viens tout juste de définir : un air rêveur, je ne sais quoi de distant dans l'attitude d'Éva, lorsque je lui parle, me montre clairement qu'elle me juge un homme médiocre. Je l'ai deviné quand elle vantait la belle existence de Germain, si active et généreuse. J'ai compris que la mienne lui semblait pitoyable.

Elle a peut-être raison. J'avais foi dans une

certaine finesse de mon esprit. J'en étais si content que j'avais entrepris ce journal pour me regarder. Un lecteur penserait peut-être que cela n'en valait pas la peine et que je me suis tout à fait mépris sur l'intérêt de ma personne.

Cela est bien probable, puisque le témoin de ma vie, celui que j'ai pourtant voulu circonvenir par mon amour et ma bonté, ne m'écoute plus.

Cette secrète fierté que j'avais de moi-même et que je regardais comme un signe infaillible, qu'elle échappe facilement ! Elle dépend des autres, et j'ai donné à la femme que j'aime le pouvoir de me la retirer.

... On s'adapte instantanément à toutes les conditions. Il suffit de changer de costume. Du premier venu, la guerre a fait un cuisinier, un capitaine, un balayeur, un martyr. La richesse et la pauvreté, la maladie et la santé tirent du même individu plusieurs hommes différents. On se plie à divers métiers, à toutes les fortunes, et chacun est à l'aise, suivant la chance, au pinacle ou dans les bas-fonds. Cette merveilleuse souplesse, pourquoi fait-elle défaut quand il s'agit de la femme ?

Un jour, on s'aperçoit qu'on n'a plus l'un pour l'autre le même visage. Ce qui plaisait naguère, ennuie et irrite. Il faudrait alors chercher à part soi une voie indépendante, solitaire, abritée de dangereux contacts. C'est cela qui est impossible. Une longue communauté de vie a supprimé pour chacun l'usage de lui-même. Il n'a plus d'existence séparée. On revient, pour le tourmenter, à l'être qu'on a aimé. On croit s'en éloigner, mais c'est ramer contre le courant qui vous tient à la même place.

... Lorsque Germain vint nous voir, dimanche, je remarquai la vieille robe d'Éva, qui me parut d'une simplicité exagérée. C'était une négligence, ou bien une sorte d'affectation de pauvreté qui m'a déplu et, durant toute la visite de notre ami, je dardai sur cette robe un œil de feu. Éva en était gênée et quand Germain nous eut quittés elle me reprocha mon humeur. Je m'expliquai avec une certaine violence. Toute la soirée, nous bataillâmes à propos de cette toilette.

Pourtant, je savais bien qu'elle n'était pas du tout la cause de mon agacement, qui venait, en réalité, de l'inflexion de voix très particulière que prend Éva quand elle s'adresse à Germain. Mais c'était un motif si absurde que je le dissimulai pour moi-même sous la robe. Combien de fois a-t-on ainsi débattu ce qui n'était pas en question ?

... Il y a un langage obscur entre les êtres, des signaux invisibles dans la maison, qui changent tout à coup l'air léger, le silence plein de vibrations heureuses, en parois de glace qui étouffent.

Éva est mal portante et silencieuse. On dirait que la maladie est parfois, chez la femme, l'expression de quelque sentiment secret, un refuge, une révolte, son arme dernière et empoisonnée. Quand elle est malade, je suis vaincu.

Je me souviens d'une année toute semblable. Mais, à Épône, je m'inquiétais d'Éva sans comprendre la cause de sa tristesse. Aujourd'hui, je la connais, elle n'est que trop visible. Son inquiétude, quand elle parle des enfants, les préoccupations qu'elle montre à leur sujet, me prouvent que j'ai eu tort de céder à son caprice et de venir ici. Maintenant, elle s'aperçoit que cet éloignement inhumain est au-dessus de ses forces. Je le sais et je ne

119

peux rien dire, car il est trop tard pour se raviser. Nous sommes condamnés à rester à Montcorget. Il vaut mieux n'en point parler et se dissimuler l'un à l'autre un mal inguérissable.

... Éva a toujours cet étrange regard désespéré, je ne sais quoi d'absent et de pétrifié, et j'éprouve une immense pitié pour elle en songeant que le sentiment le plus naturel et le plus brûlant se trouve ainsi contrarié. Notre douleur est telle qu'il ne faut pas la partager. Je tâche de la distraire, je lui parle des enfants, sachant que c'est là sa peine secrète, mais elle ne prend pas garde à mes propos. C'est que mes paroles ne tendent qu'à rassurer et à détourner. Elles mentent. Ce qui nous préoccupe vraiment l'un et l'autre demeure entre nous inabordable.

Lorsque certaines circonstances viennent éclairer l'âme comme par transparence, on voit, à la fois, les véritables pensées de chacun et les paroles qui circulent de l'un à l'autre ainsi que des ombres détachées des êtres, et qui ne se rapportent à rien.

... Germain a voulu me faire un compliment et j'en ai senti l'excès. Un seul mot de trop peut gâter une gentille intention. Il est dangereux de flatter. Il vaut mieux s'en tenir au bien que l'on pense réellement des gens et qui est déjà difficile à dire, tant il faut, pour l'exprimer, de mémoire, de présence et de zèle.

... Est-ce que l'homme et la femme sont si différents ? On change une poule en un coq par une légère intervention. Il y a dans chaque individu à peu près de quoi faire un homme ou une femme.

Cependant, je constate chez Éva un trait que je crois spécialement féminin, car il tient peut-être à une particularité de l'organisme : c'est la faculté de changer de personnalité. La fatigue, une contrariété, une impression presque indiscernable modifient son esprit, son allure, le timbre de sa voix. Si je pouvais considérer ces altérations imperceptibles comme une ombre passagère, elles ne m'affecteraient pas si fort. Mais c'est un être entièrement différent qui apparaît, aussitôt reconnu et depuis longtemps redouté.

Il faut en appeler à la raison pour sauver l'amour. Celle que j'aime existe, elle reviendra, elle revient toujours. La personne que je déteste est un fantôme qui va disparaître. J'ai pris parti pour l'autre. Il faut s'en tenir fermement à ce parti pris de l'amour. Et si je pense que cette autre que je nomme Éva, que j'aime, que je considère comme la seule réalité, est faite de la même substance que le fantôme, je dois écarter cette idée ; elle est peut-être ingénieuse, mais elle ne vaut rien.

... Nos idées sur les gens et les choses forment nos passions les plus furieuses. Nous sommes conduits par d'ardentes idées bien plus que par nos sentiments, qui tiennent peu de place, quand ils existent.

J'ai l'idée que Germain est un médecin de valeur. Je l'ai affirmé impérieusement ce matin devant un contradicteur qui m'a paru extravagant. A présent que j'y songe, je m'aperçois combien cette idée si ancrée fut admise facilement.

... On dit « la joie », et « la peine », comme s'il existait des sentiments si tranchés. On n'est jamais exactement heureux ou triste, et, quand on poursuit « le bonheur », on court

122

après le reflet d'un mot. Il n'y a que des ondes d'impressions variées, qui se mêlent et nous traversent. Même la mort ne désigne rien de fixé. Selon le jour et mon humeur, elle m'apparaît comme une épouvante ou un repos ; je la désire, je la repousse.

... Je me dis que ce vilain hiver pluvieux sera compensé par un bel été, que telle souffrance me sera comptée, que cette action n'est pas perdue, que ma bonté a un sens, que rien n'est tout à fait vain. L'homme est essentiellement religieux. Mais si on traduit ses croyances en langage clair et en système, il ne comprend plus.

... Comblé par la gloire et la fortune, on éprouve quelque doute sur tant de succès et on va chercher de vrais motifs de contentement à l'abri des hommes, dans cette région intérieure où se replie, pour se consoler de l'injustice, celui à qui la chance a tout refusé.

... Je me rappelais tantôt comment j'ai rencontré Éva à Lausanne, avant la guerre, puis le hasard qui m'a conduit chez Roussi, nos années à Paris, notre maison à Épône, abandonnée bientôt pour venir dans ce village, sans enfants. Tout ce qui nous est arrivé est incroyable. Il n'est personne qui, en récapitulant son existence, ne la trouve étonnante.

Le romancier qui veut peindre la vie dans une fiction s'évertue à créer une vraisemblance dont la réalité se moque. De là, tant de préparatifs, de détails, de transitions et de commentaires, pour convaincre le lecteur. Peine perdue. Le lecteur a une expérience différente, il ergotera toujours et prouvera que cela n'est pas vrai ni vraisemblable. Il faut obtenir que le lecteur se taise. Il faut le subjuguer, non pas avec des moyens de discussion qui ouvrent un débat fatal à l'auteur, mais par la force interne du récit et l'accent du destin. C'est le style qui garantit l'événement. Il y a un langage qu'on n'invente pas.

Mais aucun art ne rendra le ton juste de la vie, cette couleur inimitable qu'on fausse toujours par une peinture trop sombre ou trop riante.

Un roman a une fin. C'est sa faiblesse. La vie ne laisse rien en repos et achevé ; rien n'est absolument révolu, acquis, déterminé, ni l'affliction, ni le bonheur ; tout est en suspens et en formation, perpétuellement corrigé par l'avenir. Ce qu'on nomme joie, injustice, douleur, ennui, félicité, est vrai pour un instant et pour un tableau borné, mais ne s'accorde point à ce mouvement malicieux et magique de la vie qui déroute la prévoyance, désole le sage et le contente, distribue des compensations en trichant, vise au cœur le plus heureux, redouble ses coups iniques sur le plus disgracié, puis fait refleurir la place piétinée et console toujours.

... Les honneurs, le succès, les grades, sont à peu près répartis au hasard. Rien ne distingue le vrai mérite. Même l'estime des meilleurs suit la mode. En littérature, les délicats ont un faible pour les babioles inusitées, et la foule aime tout. Personne n'est exactement à sa place. Cela vaut mieux. Une stricte justice serait intolérable. Pour un avantage douteux, elle abolirait d'essentiels privilèges, elle empêcherait ces erreurs qui font que chacun peut se marier, trouve un ami, un emploi et conserve cette dose de vanité et ce goût unique de soi-même qui attachent à l'existence.

... Tout à coup, on voyait Tolstoï monter à cheval et partir au galop dans la campagne. Il avait un sang violent, des sens de fauve. Il exécra les choses qui l'agitaient si fort : la musique, le vin, l'art, les femmes. Pour vaincre ces démons, il inventa une morale et une religion terribles. Un homme de constitution médiocre saurait goûter la vie plus doucement. La morale courante lui suffirait. Je crois qu'un ange sur terre pourrait se passer même de philosophie.

... J'ai déjeuné à Lausanne dans une petite brasserie, à l'angle d'une ruelle qui descend en escalier. Dans le pain, la forme des verres, le bois de la table, la couleur de la bière, le jour sombre des petits carreaux, je retrouve le souvenir de Munich. Pourtant, Munich est une ville fastueuse, où j'ai vu un parc royal, des peintures, des bals charmants, et de gentilles dames qui jouaient aux quilles avec des officiers chez la comtesse Brockdorf. Pourquoi est-ce que je pense toujours à Munich dans cette obscure et pauvre salle de brasserie ? Sans doute, il me revient un souvenir effacé.

En déjeunant, j'ai remarqué une femme assise en face de son mari, entre deux enfants criards. Elle était nerveuse et semblait excédée et ravagée par mille ennuis qu'on voyait inscrits sur son front agité et sa mince bouche serrée. J'ai beaucoup regardé ces lèvres méchantes et dégoûtées. Je me suis demandé si ce n'était pas à cause de cette bouche qu'elle avait tant d'ennuis.

Quand je rentre à Montcorget, après une absence d'un jour, j'arrive à la maison presque en courant, le cœur oppressé et battant. Il me semble que je suis parti depuis longtemps et que je vais trouver un désastre. J'ai la même angoisse quand j'ouvre une lettre. Ce sont là d'étranges sensations dans une vie si calme et heureuse. C'est à croire que j'ai connu une autre existence pleine de transes et de malheurs et qu'il m'en est resté, dans notre douce vie, des contractions inexplicables.

... On pardonne tout à la femme qu'on aime. C'est cela qui rend l'amour si étouffant.

... Bourrelé de peine, d'inquiétude et de rancœur, on se couche. On dort et on se relève pacifié et méconnaissable. Que s'est-il passé dans le sommeil ? A tout moment on meurt et on ressuscite un peu différent. Ce que j'aime dans ma mère, c'est un souvenir qu'elle évoque par quelques gestes, une image à peu près effacée d'elle-même. Elle a été plusieurs femmes. Quand elle mourra, qui aurai-je perdu ?

Ce qui subsiste de soi à travers les formes et des états si différents, un jour s'éclipse aussi. Souvent, la vie nous a retiré bien davantage.

... J'ai eu comme un soulagement quand Germain m'a parlé pour la première fois de la maladie d'Éva. Il n'avait pas besoin de prendre tant de précautions pour m'avertir. Ce qu'on peut soigner dans une clinique et qui relève du chirurgien est moins inquiétant qu'un état de mélancolie sans issue. Une opération n'est rien si l'esprit est ensuite changé. Je suis dans une attente inquiète et pleine d'espérance, comme si on allait lui opérer le cerveau et lui rendre la faculté d'être heureuse.

... Seul à la maison, je peux employer mes soirées à ma guise, me coucher tard et écrire tant qu'il me plaît, ce que j'ai souhaité souvent. Mais j'ai l'esprit ailleurs, un peu là-bas, un peu je ne sais où. Je vais voir des voisins, je me promène bêtement. Si le goût d'écrire n'est pas une passion sauvage qui surmonte tout, on est constamment dérangé ; on est distrait par la femme qui est là et beaucoup plus par son absence.

... Avant d'entrer dans la chambre d'Éva, dans le couloir de la clinique, dans le train j'avais deviné le danger. Est-ce qu'elle le comprenait aussi, ou bien ne connaissait-elle plus la terre ? Elle était étrangement belle, calme, blanche, distante ? Je l'ai regardée un moment. Je ne pouvais rien dire. Il y avait trop de choses entre nous qui m'étouffaient et que, peut-être, elle ne savait plus ; puis j'ai vu sur un geste de la garde qu'il fallait partir.

... Quand finiront ces courses angoissées ? Et toujours le visage effrayant de Germain qui ne peut rien cacher et montre si bien l'épouvantable incertitude de chaque instant ! Je voudrais écrire pour que cette nuit passe, dépeindre n'importe quoi, le petit train propret, la pluie sur le lac, tout ce qui pourrait me rattacher à des choses quotidiennes qui continueront. Mais rien n'existe. J'attends l'heure...

Cette heure, il me semble qu'il en dispose. C'est son métier de sauver ! J'étais plus tranquille auprès de lui cet après-midi... Comme on a besoin des hommes !

Je sais maintenant ce qu'il y a de terrible dans le bonheur... Elle était ma force ! qu'est-ce que j'ai gardé pour moi ?... Une femme qu'on a aimée tant d'années, c'est beaucoup plus qu'un amour... C'est votre monde, le goût de la vie, hier, demain...

IV

... Elle ne paraît pas comprendre ce qui s'est passé. Quand j'ai porté son fauteuil dehors, devant la maison, elle avait l'air de trouver naturel d'être ici. Elle a bien vu que j'étais ému et elle a dit : « Il n'y a que trois semaines que je suis partie. » J'ai répondu à voix basse : « Mais tu as failli mourir. »

On dirait que c'est une idée que j'ai eue seul. Sans doute, il y a beaucoup d'imagination dans la douleur, d'appréhension, d'effroi inutile, qui sont la rançon de la pensée. Durant ces heures terribles, si j'avais été engourdi d'une espèce de sommeil, comme Éva, je n'aurais pas su qu'elle pouvait mourir. Mais je n'aurais pas connu, non plus, mon amour.

Elle est comme avant, pâle seulement, un peu plus triste. Je la voudrais transfigurée par tout ce que j'ai ressenti. Cet avertissement, cette illumination sur les choses qu'on voit si mal parce qu'elles nous ont comblé, tout ce qu'on apprend dans la souffrance, il ne faudrait pas le perdre.

Mais ce que je pense aujourd'hui est bien loin de son esprit. C'est la fatigue, sans doute, qui lui donne cet air d'ennui, ce visage immobile, ces yeux de désespoir.

Je ne crois pas que la femme vieillisse plus vite que l'homme. Du moins, je ne m'en aperçois pas. J'étais frappé de la jeunesse d'Éva, il y a trois ans, quand nous sommes venus ici. Alors, elle était robuste, vive et rose. Aujourd'hui, étendue, silencieuse, amincie, pâle, elle me paraît plus jeune encore. C'est moi, au contraire, qui me sens vieux, comme si j'étais le même homme depuis trop longtemps.

... J'ai mené Éva, la soutenant par le bras, jusqu'à la route, au bord d'un pré qu'on va faucher. Nous avons regardé les herbes mûres, au frêle panache d'argent jauni si souple à la brise, clairsemées sur un fond de fleurs qui commencent à dépérir. J'en ai cueilli une d'un joli mauve, avec un cœur d'aigrettes claires, qui sentait le miel et je l'ai montrée à Éva. C'est une espèce que je ne connais pas et qui foisonne encore en masses de couleurs tendres, sous le bourdonnement de petites abeilles brunes, parmi les hautes herbes un peu desséchées, les grandes marguerites, les chardons et le fenouil en fleur.

Il n'y a pas longtemps, je marchais seul sur la route, devant ce pré, et un jour je me suis dit : « Quand il sera fauché je connaîtrai mon sort. » Un peu plus tôt j'ai su qu'elle était sauvée. C'est à cela que je songeais sans le dire, en examinant la fleur mauve.

... Il y a des natures exquises, d'une extrême sensibilité, qui souffrent de tout. Cette finesse de perception qui leur donne tant d'occasions de tristesse, n'est pas compensée par une aptitude égale à sentir ce qui mérite d'être apprécié. Quoi qu'on tente pour les satisfaire, on a auprès d'elles l'impression d'un malheur permanent. On les voudrait, fussent-elles beaucoup plus grossières, mieux adaptées à la vie, car c'est le principal.

... Toute une nuit, il a lutté pour l'arracher à la mort. Il l'a sauvée. Quand j'y pense, j'éprouve pour lui un sentiment de gratitude où il entre de l'amour et de la crainte. Pendant cette nuit, dont j'étais exclu, il me semble qu'il a pris trop de pouvoir sur elle. Il ne devrait pas revenir. Mais il a encore des prescriptions à donner. Il a besoin de la voir souvent. Il veut qu'elle parte pour une maison de santé. Il paraît que cela ne me coûtera rien. Elle doit y rester longtemps. Pourtant elle ne me paraît pas malade. Mais je suis un ignorant. Je consens à tout ce qu'il ordonne. Elle partira quand il voudra.

... C'est bien une maison de repos. On n'entend pas marcher dans les couloirs entre les murs épais et vernis. Le salon est vide. On dirait qu'il n'y a personne. Dans la salle à manger, le premier jour, j'ai mangé seul des choses excellentes et très saines, regardant par les vitres la douceur nuageuse des montagnes qui se diluent sur le lac. La nature est à distance. Sur la terrasse, on domine une grande paix. L'air surprend. C'est la seule impression de vie qui soit permise.

Maintenant je commence à reconnaître quelques habitants et même je sais leur histoire, grâce à M. Anduse, un ancien prêtre devenu infirmier et qui tient compagnie au comte G... Le comte marche les yeux fermés, comme s'il n'y voyait pas ; on le fait manger parce qu'il croit qu'il ne peut pas se servir de ses mains. Sa maladie, c'est la jalousie. Il se figure qu'on lui a changé ses enfants. Rien ne le distrait de son obsession. Cependant M. Anduse vient de lui apprendre à confectionner des dessins avec des découpures de timbres coloriés. Le comte a pris intérêt à ce jeu. C'est le commencement de sa guérison.

Un autre a brûlé ses mains en les gardant étendues sur la flamme d'un fourneau à gaz, pour s'empêcher de tuer sa fille. Le fameux Rochard, le propriétaire des sources de La Valette, s'imagine qu'il est ruiné. Cette jeune fille qu'on ne quitte pas des yeux et qui circule si mal peignée avec un air de louve ne pense qu'à s'échapper pour aller acheter du vin.

Ils sont très bien soignés. Un jour, on guérira tout le monde ici. On trouvera bien le remède à nos folies : la jalousie, l'orgueil, le travail, la colère et l'amour.

C'est ce que je disais tantôt à Éva : « Tu seras bientôt guérie. » Elle m'a répondu : « Tu ne le voudras pas. » J'ai tâché de comprendre cette singulière parole qui semblait prononcée dans un rêve. Mais elle n'a pas voulu me l'expliquer. Elle ne s'en souvenait plus. Puis, elle m'a regardé longuement avec une attention profonde, un air affectueux, apitoyé, scrutateur.

... Je pouvais rester encore deux jours à Mon Repos et je suis parti tout à coup. Dans ce grand édifice, il me manquait quelque chose d'indéfinissable que nous appelons nos habitudes, et qui n'est pas cela du tout. C'est une atmosphère, qui se crée assez vite d'ailleurs, autour de nous, partout où nous sommes fixés, et qui nous est indispensable quelque temps. A Mon Repos, j'éprouvais comme une nostalgie de moi-même.

Ce qui me manquait, je croyais le retrouver à Montcorget. J'ai repris mes « habitudes », mais elles me paraissaient étranges. Je ne me rappelais pas que j'avais changé notre lit de place et poussé la commode près du poêle. Entrant distraitement dans la chambre, j'ai eu un saisissement comme si je m'étais trompé de maison. Oui, j'ai repris mes fonctions de caissier dans une bourgade suisse, mais je ne sens plus la réalité de mon personnage comme si j'interprétais un rôle un peu burlesque, qui m'oblige aussi à dormir, à écrire, à manger.

C'est que je demeure encore à Mon Repos. Sa terrasse, M. Anduse, la chambre d'Éva font partie de mes impressions du moment. Hier et aujourd'hui ne sont pas exactement délimités. Le présent n'est pas borné à l'instant actuel; il s'étale sur plusieurs jours et englobe des événements reculés, qui n'ont pas fini de nous émouvoir.

... Quand on est accusé faussement, il arrive qu'on éprouve une certaine paresse à répondre. On est sûr de sa conscience, du fait véritable, de l'erreur de ses ennemis; on attend tout de la force de la vérité qui peut bien se passer de notre appui. C'est là une négligence dangereuse. Souvent un écrivain dépeint les choses qu'il a éprouvées fortement, d'un trait sûr mais bref, comme retenu, et qui peut sembler pauvre.

Pour moi, je n'ai envie d'exprimer que mes sentiments fugaces, mes pensées incertaines et contestables. Je suis imprégné d'émotions trop vives et constantes, trop bien inscrites en moi-même, pour désirer les reproduire.

Ma solitude me vide l'esprit. Je n'ai plus de

pensées, loin d'Éva ; seulement une obsession, un tourment radoteur qui me sépare de
tout et me serre la poitrine à peine détendue
par un soupir. Je ne pourrais dire combien je
l'aime, mais je le sais.

... Ses lettres si courtes, où je démêle du
désarroi, de la froideur, de la tendresse, de
l'agitation, ne me soulagent pas. C'est une
autre personne qui apparaît à travers un
langage nouveau que je ne sais pas traduire.
   Je suis retourné à Lausanne, mais Germain
était encore absent. Je sais qu'il va souvent à
Mon Repos. Éva m'écrit qu'elle le voit quelquefois. J'ai regretté de ne pas le rencontrer.
C'est avec lui seulement que j'aime à parler
d'Éva.

... Je me demande si je ne suis pas
responsable de l'état d'Éva. Je la blesse sans
le savoir. Je voudrais me voir d'un œil si
étranger que rien ne m'échappât de moi-
même. En vérité, je manque d'abandon
auprès d'Éva. Je l'observe, je me surveille, je
choisis mes propos, et j'en suis venu, par une
sorte de gêne, à prendre un air d'indifférence,

bien éloigné de mon sentiment. Il se pourrait que je sois devenu un être tout artificiel, dont la compagnie est incommode. A cela, je trouve une excuse. Il m'a paru, ces derniers temps surtout, qu'il valait mieux réprimer des mouvements jadis naturels chez moi. Une expression trop vive de mon amour, une marque de bonté vibrante et spontanée, ennuient Éva. Alors elle se contracte. Elle montre plus d'affection pour moi quand je me tiens à distance.

… Une certaine science me manque, pour rendre Éva heureuse. Il faudrait connaître ses désirs et les comprendre, c'est-à-dire, se débarrasser tout à fait de soi et devenir elle-même. Au contraire, j'offre, pour lui plaire, des choses qui me contenteraient et qui ont toujours quelque rapport avec mon amour.

… Je doute qu'un homme quitte sa femme uniquement pour l'amour d'une autre. Il va endurer mille ennuis et une tragédie. Pour le soutenir, il faut un motif plus puissant que la passion. Mais la femme est capable d'héroïsme. Elle oublie tout pour l'amour.

... Les garçons sont arrivés. Ils passeront quinze jours ici, puis retourneront chez leur grand-mère. Je dis « les garçons » par habitude. Ils étaient bien nos enfants jusqu'à l'année dernière. Quand l'aîné a débarqué du train, j'ai vu un homme qui ne pouvait venir de moi et que je n'avais pas élevé. Les enfants grandissent trop vite. C'est leur principale désobéissance. Cela vaut peut-être mieux. Tous les progrès sont le résultat de la désobéissance.

C'est un âge singulier ; l'apparence d'un homme et la chair de l'enfance. En somme, un être plus sauvage que dans ses premières années, tout ramené à soi, à son appétit, à son avantage immédiat ; mais il n'a pas une tendance personnelle, un goût qui ne soit un reflet, pas une idée qui vaille, même pour lui. Cependant ce jeune individu, si âprement insignifiant, intéresse et intimide.

J'ai été jugé de haut par un garçon qui me dépassait de la tête. Et, pour la première fois, j'ai senti que je devais une explication. Je lui ai dit que ce petit caissier pauvre n'était pas son père, que cette ruine, cet exil venaient des circonstances et que son père était un tout autre homme que, sans doute, il ne connaîtrait jamais. Je ne pourrais pas transcrire mes propos, car il y a dans le bafouillage de la parole des ressources d'expression qui manquent à la plume. J'ai très bien dit ce que je voulais faire entendre et il m'a compris tout de suite. Il m'arrêta d'un regard troublé qui signifiait : « Tout cela, je le sais parfaitement. »

Le lendemain, je les conduisis à Mon Repos. Ils n'avaient pas vu leur mère depuis un an et j'ai su plus tard qu'ils furent d'abord surpris par son air de jeunesse. Il est vrai, on n'a pas la même mère quand elle vous a conçu à dix-huit ou à quarante-huit ans. Le mot de famille se rapporte à des groupements bien divers. Les relations de parents à enfants varient selon le cas, et les mêmes termes désignent des sentiments qui ne se ressemblent point.

L'aîné resta un moment seul avec sa mère. Quand j'entrai dans la chambre avec Pierre j'eus l'impression d'interrompre un entretien malaisé. Éva parlait toujours et son fils l'observait en silence d'un regard qui me frappa. Il semblait dire : « Qu'y a-t-il entre moi et toi, femme ? »

... Au lit, fiévreux, on est un peu enfant, un peu vieillard. Anna me soigne. Sensations nouvelles dans la bouche ; appétences singulières, répulsions. Dans le cerveau, qui semble autrement agencé, des idées sottes et d'autres subtiles, méconnaissables. Un peu plus, et le cœur serait changé.

... La même solitude affreuse, à Montcorget, me touche un peu différemment. Est-ce à cause de ma courte maladie, ou bien parce que les enfants sont venus et repartis ? Je reçois des nouvelles inquiétantes sur la santé de ma mère. Il faudra que je parte pour Ambérac. Mon absence sera peut-être longue. Et tout d'un coup, je sens que j'étais bien ici. Vevey est tout près. Je peux aller à Mon Repos demain si je veux. C'est ici ma patrie.

... A supposer même qu'un homme parle sans passion, avant de retenir le moindre renseignement qu'il donne, vous devez connaître ses antécédents, son hérédité, faire procéder à un examen du cerveau et à une auscultation sérieuse. Et encore vous serez

144

mal informé, car l'homme a toujours vu ce qu'on lui a raconté.

... Je ne connais rien de plus apaisant que le spectacle d'un savant tout concentré sur un détail à déchiffrer. Sa trouvaille, le sens qu'il lui prête, sera bientôt démentie. Et pourtant elle n'est pas inutile. La certitude d'être dépassé et enseveli ne diminue pas son furieux effort. Il n'y songe pas. Il sait que la gloire de l'homme est d'être un passage.

... A Vevey et autour de Mon Repos, j'ai trouvé les érables et les frênes flamboyant sous le soleil d'automne, les allées aux voûtes d'or léger, les étendues de châtaigniers roux sur le flanc des montagnes. « Un vrai cachemire », dit le portier de Mon Repos. Sauf au Japon, je crois que le cerisier n'a nulle part tant de splendeur au printemps et à l'automne. Pourtant je suis saturé de la verdure des prairies. J'aspire à un champ labouré. J'ignorais combien il y a de beauté dans un labour. Bientôt, je serai satisfait.

J'ai dit tout cela à Éva, mais elle ne pensait

qu'à mon départ et voulait savoir exactement où je m'arrêterais en France, combien de temps je passerais chez ma mère et si j'irais à Paris.

Tout à coup elle me prit les mains et me regarda comme si elle voulait parler, et ses yeux se remplirent de larmes. Puis elle dit : « Bernard, tu as toujours été bon pour moi... J'aurais voulu être meilleure. » Il semblait qu'elle avait quelque chose à me dire, mais je sentais seulement ses mains agitées presser les miennes. Je voulus l'embrasser, mais elle se recula et de nouveau m'étreignit les doigts, puis elle me regarda longuement, et j'entendis : « Maintenant, ce malheur est arrivé. » Je répondis que ce n'était rien et qu'elle guérirait, mais je compris qu'elle pensait à mon départ. Elle disait d'une voix tendre que je lui ai rarement connue : « Bernard, ne me quitte pas. Il faut que tu restes ici. » Je lui expliquai que la maladie de ma mère m'obligeait à partir ; alors elle ne dit plus rien mais elle garda mes doigts dans ses mains, et par moment, effrayée, elle avait comme un sursaut du cœur, et des larmes revenaient dans ses yeux.

... Jusqu'ici j'ai noté des réflexions sans me soucier de consigner à leurs dates les incidents de ma vie. Et pourtant le plus mince événement est plus suggestif qu'une pensée, qui ne satisfait pas longtemps et dont on n'est jamais sûr. Si j'avais recueilli les événements de mon existence, et vraiment tenu un journal, ce que je posséderais aurait plus de valeur que toutes les idées qui me sont venues en tête. Désormais, c'est la méthode que je suivrai. Je vais écrire mon journal. Je le commencerai en France chez ma mère.

. . . .

. . . .

Paris, juin 1929.

J'ajouterai quelques lignes avant de reléguer ce cahier. Je veux dire, parce que j'en suis sûr, que le départ d'Éva et même son prochain mariage me sont indifférents. Maintenant (il n'en était pas ainsi les premiers mois) je suis calme. Je n'éprouve aucune jalousie, aucun regret, aucune souffrance. Que ce soit lui, ou un autre, cela m'est égal. Telle que ma vie est ordonnée aujourd'hui, solitaire et pleine, je suis heureux.

La femme que je nommais Éva et qui a rempli ma vie, n'avait aucun rapport avec l'être de mensonge et de folie que je vois maintenant. Celle qui m'a quitté a pris instantanément pour moi un visage étranger qui ne peut plus me toucher.

J'en ai parlé à Étienne. Il prétend que

j'avais d'Éva une image juste. Éva n'a pas changé, mais une nuance m'a échappé, qui brouille tout pour moi seul : elle ne m'a jamais aimé. Il dit que, dans les derniers temps, Éva me jugeait un homme diminué, auprès de qui l'existence était morne. Il dit qu'elle a souffert et que si elle a maintenant un peu de bonheur, nous devons en être contents. Il pense que tout est bien ainsi et que les choses finissent toujours par s'arranger.

Je m'étonne que ses croyances religieuses ne l'aient pas retenue. Mais il paraît que dans sa maladie, devant la sensation de la mort toute proche, elles se sont évanouies.

Je ne puis penser à tout cela. Non point que ce passé me cause de la peine, mais j'ai de la difficulté à y appliquer mon esprit, car il m'est indifférent.

Il serait intéressant d'examiner pourquoi je suis si tranquille. Je pourrais noter beaucoup d'observations curieuses sur ma solitude et sur cet état nouveau où je me trouve, si serein et salubre.

Mais je ne veux plus rien écrire sur moi-même.

J'aimerais créer des êtres imaginaires, qui ne me démentiront pas. J'ai l'idée d'un roman. Je veux montrer le bonheur qu'une femme peut donner à un homme, le seul bonheur qui soit au monde. Il me semble que je ne saurais pas décrire autre chose.

Je viens de relire mon journal. Je ne veux pas le conserver, mais il peut intéresser quelques personnes. Je le remettrai à Étienne qui le donnera à C... Il pourra en tirer ce qu'il voudra ou le publier tel qu'il est. Mais si mon journal paraît sans retouches, je désire qu'il s'achève à la maladie d'Éva. On ajoutera en note que la femme est morte.

Ce qui suit et particulièrement ce que je viens d'écrire, après une interruption de huit mois, ne doit pas être connu.

Cela paraîtrait choquant, inhumain, artificiel. Il ne faut pas scandaliser en vain, ni donner à lire ce qu'on ne peut complètement expliquer.

Et puis, on pourrait voir, dans ce récit, l'histoire amère et bouffonne d'une femme qui a accaparé et amoindri un homme qu'elle n'aimait pas, lequel croyait l'aimer. Pour moi, ce fut une autre histoire, triste ou gaie, je ne sais, mais belle assurément, et profonde, utile, émouvante, car la vie est toujours grande. Je ne voudrais pas qu'on en rie.

1930

ŒUVRES COMPLÈTES

DE

JACQUES CHARDONNE

en six volumes

COLLECTION FOLIO

Impression Bussière à Saint-Amand (Cher),
le 26 décembre 1983
Dépôt légal : décembre 1983
Numéro d'imprimeur : 2367
ISBN 2-07-037519-6 / Imprimé en France.